ニンゲン御破算

松尾スズキ

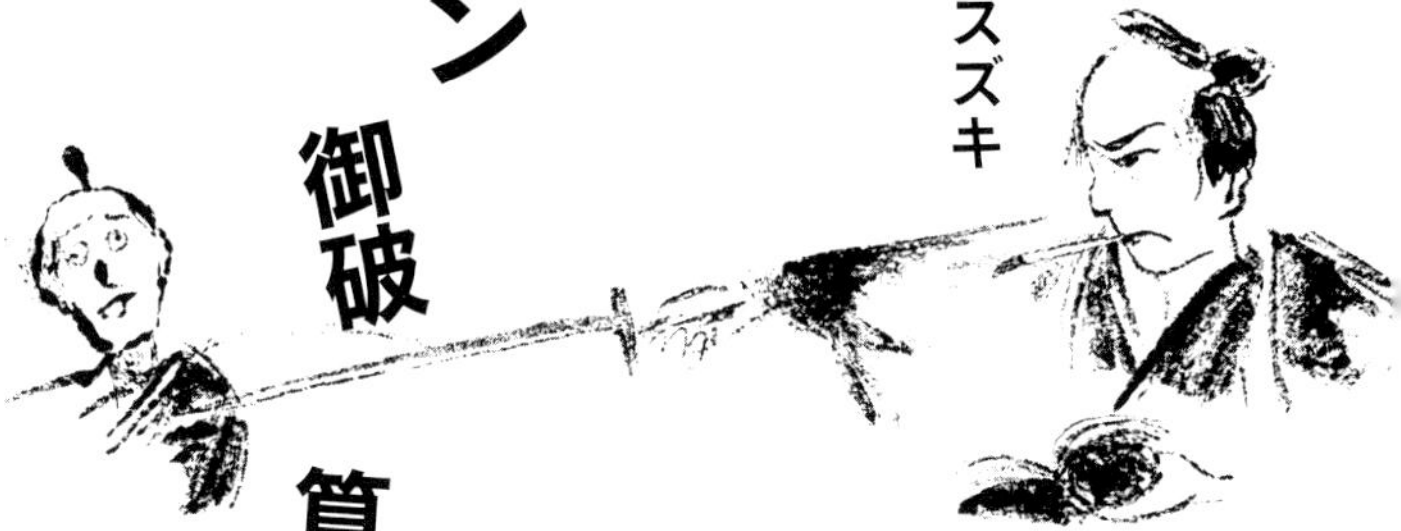

白水社

ニンゲン御破算

装画・題字　信濃八太郎
装丁　守先正

目次

登場人物

加瀬実之介
黒太郎
灰次
お吉
お福

鶴屋南北
河竹默阿弥

瀬谷修一朗
豊田夢之進
田辺健蔵
安藤小太郎
兵庫慎之介

録蔵
イマ
ムツ
テツ
ヤツ
オヨツ

ボブ
トム
ヒュースケン

佐野
関
斉藤
北尾
柿崎
有村雄介

番頭
足軽
幇間（玉助）

近藤勇
土方歳三

隠し玉
砂袋太夫
白玉太夫
角海老大夫

夜鷹たち
飯盛り女
旅芸人
彰義隊
新撰組
官軍
婆あ

第一幕

暗闇に急に音楽。激しく。

その間、字幕がバタンバタンと倒れながら……。

「エドがメイジにかわる頃。ニッポン人同士による、多分、最後の戦争が、だらしなく終わりをむかえんとしていた」

風が吹き、いつの間にか弁当売りの女がたっている。『吉原お化け弁当』の幟《のぼり》を持っている。周りに人魂《ひとだま》なども飛んでいたりする。

弁当売りの女　弁当弁当、弁当はいらんかえ！　いくさはとにかく腹が減る。頭も使うし気も遣《つか》う。そんな時にゃ甘い甘い吉原《よしわら》のお化《ば》け弁当だ。そんじょそこらの弁当じゃないよ。吉原のお化けが作った弁当だ。どうせお侍《さむらい》も死んでお化けになるんなら、お化けが作った弁当を食べるってのが道理だよ！　ひとつお願いしますよ！　お化けだお化けだ。お化け弁当だ！

ドーンと砲撃の音が聞こえる。
弁当売りの女、慌《あわ》てて立ち去る。
花道から無数の官軍の兵隊。
錦《にしき》の御旗《みはた》をたてて歌いながら進軍する。

歌　みやさんみやさんお馬の前にヒラヒラするのはなんじゃいなトコトンヤレトンヤレナ　あれは朝敵《ちょうてき》征伐せよとの錦の御旗じゃ知らないかトコトンヤレトンヤレナ

一方、舞台にはこれまた無数の婆《ばば》あが杖《つえ》をついてわらわらと登場する。
舞台には水場があり、銃撃や砲撃のたびに水しぶきが上がる。
婆あたちの後ろに怪我《けが》だらけの旧幕軍彰義隊《しょうぎたい》が現われる。敗色が濃い。見るからに。
砲撃。吹き上がる砂塵《さじん》。
笛、一発。

官軍1　全体、止まれ！　捧《ささ》げ銃《つつ》！（銃を床につく）銃砲隊！　前へ。

鉄砲を持った兵隊がずいと前へ。

官軍1　旧幕府軍の諸君！　すみやかに投降《とうこう》されたし。

軍隊のものがなにか言うたび弁当を食いながらリアクションする婆あたち。

官軍1　返答がないのでもう一度言う。彰義隊、と称する旧幕府軍の諸君。
彰義隊2　旧って言うな。
彰義隊3　旧は、言葉の雰囲気がよくない。
官軍1　言葉の雰囲気なぞ気にしている場合か。見ろ。これは錦の御旗だ。この雰囲気が分かるか？
官軍2　朝廷が、帝《みかど》が我ら新政府を認めたということだ！
彰義隊1　帝なんか見たことねえ。気にして生きたこともねえ。
官軍1　じゃ、あれだ、酸素見たことあるのか。
彰義隊1　え？
官軍1　見たことなくても吸ってるだろう。気にしてなくても生きてるだろう。帝とはそういうものだ。

彰義隊たち、一斉《いっせい》に耳をふさいでワアワア言っている。聞きたくない。

官軍1　それですよ、それが旧。そういう態度が実に旧。というか婆《ばあ》さんたち、少しは居場所考えろ！

不本意顔の婆あたち。

官軍2　むこうにいけ、婆あ！　危ないから！

婆あ1　あんだよ。年寄りにむかって。

婆あ2　そうだよ、上野でさあ戦争がおっぱじまるってから冥途《めいど》のみやげにはるばる来たにお。

婆あ1　甘い豆が入ってるだよ。

婆あ2　とはいえ。

婆あ1　いらねえんだけどよ。

官軍1　……（気を取り直し）旧旧、幕府軍の諸君。

婆あ3　旧、増えた（うける）。

官軍1　おもしろかった？　ふん。戦争である。戦争なのに婆さんが見学に来ているのである。ゴザ敷いて、弁当食ってるのである。

婆あ4　売ってんだもの。そこの姉ちゃんが、吉原お化け弁当っていうの、高いやつ、そこで。

弁当売り　（どこかを走っていく）弁当。弁当。いくさは腹が減るよ。

婆あ1　でも、甘い豆だけは本気でいらないだよこれ。

婆あ3　緑色なんだよ。

婆あ2　とはいえ。

婆あ3　限りなく青に近い緑だよ。

官軍1 （遮《さえぎ》って）豆の色の情報はいらぬ！　新しいゴザも敷くな！　（婆あたちゴザを回収しはじめるので）ゴザの回収の音！　うるせ！　見れ！　婆あが弁当食いながら見学してるという、緊張感のない戦争は、戦争としてそうとう終わってるという話である。

別の侍たちが数人出てくる。汚い。

男 （傘をかぶっている）終わったってことたあ始められるってことでないの。それはある意味素敵なことでないの。俺の傘に乗ってる小鳥のごとく素敵なことでないの。

官軍2 誰だ。

男 これで終わっちゃ華がねえ。そうじて話にヤマがねえ。

官軍1 悲しいかなヤマは必ずうつろうものであり、うつろった場所では必ず婆さん達が弁当を食っているものである。

男 されど、もうひとヤマ。さらにもうひとヤマ。それが人情でないの。というわけで新撰組《しんせんぐみ》残党、山出《やまで》灰次《はいじ》以下数名。彰義隊に加勢したい。その素敵な気持ちを表わすために傘に素敵な小鳥をとめてみた次第。（刀を抜いた）

彰義隊たち おお！

官軍1 ……灰次？　おい、今、なんと言った？

官軍2 よし抜いたな。放《う》ち方用意！

灰次　疑問である。婆さん挟《はさ》んで放てるかな。

官軍2の指示で、官軍一斉に射撃する。倒れる幕軍と婆さんたち。

灰次　……疑問、一気に、解消。

弁当売りの娘が走ってくる。

娘　な、なんてことしやがんだい！　お化け弁当食べたお客さんをお化けにしやがって！　弁当は生きるために食うんだ。無駄使いの人殺し！　あんたたちはね、生きてるお化けだ！　お化けならお化けらしくお化け弁当買え、三割増しで買え！　コンチクショー！

官軍さらにずいと前に。

灰次　一時的退却！

その時、官軍1が飛び出した。

官軍1　待った待った！　待て！　灰次！

官軍1、撃った。
小鳥が飛び散る。

灰次　（立ち止まる）……すこぶる小さな小鳥を一撃。そして、俺、無傷。……（振り向く）兄貴か！
官軍1　（帽子をとって）俺だ！　黒太郎だ！
灰次　（傘をとり）あれま！　にいちゃん！
娘　（二人を見て）ああー！
官軍1　（仲間に）弟だ。同じ山で生まれた。

近付く二人。

灰次　にいちゃん。武士になれたのか。
黒太郎　おめえも武士になれたんだなあ！

お互い武器を構えた手をゆるめない。

灰次　敵っちゃあ敵だけど。

黒太郎　九分九厘《くぶくりん》敵だけど。

二人　サムレエはサムレエだ！

娘　（二人を叩きとばして）なにが侍だ。無視するな！　あたしの顔を忘れたか。いっつもあたしだけおいてきぼりだ。

灰次　お吉《きち》！

黒太郎　おめえ。……生きてたんか。

お吉　生きてるどころじゃない！　生まれたんだ！

灰次・黒太郎　え？

音楽。

急に華やかな江戸日本橋《にほんばし》の風景が現われ、瓦版《かわらばん》売りの周りに人々が集う。

瓦版売り　てえへんだ、てえへんだ、てえへんだあ！

歌　そこから、時は舞い戻る、ざんざざんざと五年ほど。ところはお江戸日本橋、開国だあ、攘夷《じょうい》だあ、などと、噂《うわさ》ばかりかしましく、混乱のキワミのその最中《さなか》

新瓦版売り　さあ、てえへんだ。てえへんだ、高いとっからてえへんだ。なにしろこっちゃあ最新号だ。そっちの瓦版じゃあ、ハリスってメリケンのケトウが伊豆《いず》の下田《しもだ》に黒船で来たって話だろ。もう

そりゃ古いぜ。

瓦版売り （後姿で）なんでえ、新ネタけえ？

水屋 聞きてえな。聞きてえじゃねえか、なあ！

皆が瓦版売りから瓦版を買う。

新瓦版売り 黒いの、黒んぼうがいるだろ、アメリカじゃ奴隷てえ身分のわけだがよ、そいつらのなかの二人が下田のもめごとの最中にだ、黒船から脱走、姿ぁくらましてメリケンどもは大騒ぎって話だ。

水屋 なんでえこりゃ。

新瓦版売り （誰かに近づいて）黒んぼうだよ。ちょっと近くで書きすぎちゃって。

ぼてふり え？

新瓦版売り なんでも暗闇に唇《くちびる》がついてるような奴らしいすからね。

見世物芸人 なんだろう。わかんねえけどなんか怒られる気がするぞ、こういう表現。

瓦版売り かまうこたねえやな。新人さん、やれやれい。

水屋 ええ？

瓦版売り 江戸時代だ。気にするねい。

水屋 じゃあ、しょうがねえ！　と、思いてえが、あんたらにゃ近づかねえほうが塩梅《あんばい》がよさそうだ。

博徒 俺が言うのもなんだが、物騒《ぶっそう》だ。

新瓦版売り　なんだ、まだ、黒人ネタは早いみたいですね、師匠《ししょう》。
ぼてふり　けえるぜ。
瓦版売り　どちらへ？
博徒　俺は南に。
水屋　あっしは北に。

皆、散り散りに去るなか……。
瓦版売りの後ろから声。

声　南北《なんぼく》先生！

南北の背後で瓦版を読んでいた加瀬実之介《かせじつのすけ》。
三味線《しゃみせん》の音。

瓦版売り／実は鶴屋南北　またおまえさんか。こっちゃネタの市場調査に忙しいんだ。
実之介　瓦版売りになんか化けてないで、ちょいとだけ聞いてくださいよ南北先生。

瓦版売り、黒子の手を借りて鶴屋南北に着替え始める。

場は歌舞伎小屋の前になっている。

実之介　先生。鶴屋南北せんせったら！　私を見て！　せんせ、なにしてんすか、せんせ。

南北　ちょっと待て、ちゃんと先生になりきってから声かけろ。なんだよ。

実之介　なにって、先から申し上げております、弟子志願の加瀬じゃありませんか。

南北　ああ、そうだっけ。

実之介　そうだっけじゃありません、加瀬実之介でございます。ちょっと直しましょう、襟《えり》、直しましょう。

南北　いい、いいんだ、こだわりの襟だから。

実之介　それより、先生、あたくしの台本。読んでいただけました？

南北　ああ、あれね。途中でやめた。もうね、バーンと地面に投げた。

実之介　殺生《せっしょう》です！　案内不慣れなお江戸で寝食《しんしょく》おしんで書いた歌舞伎ですよ。もうね、松ヶ枝《まつがえ》藩の田舎《いなか》から女房、お家《いえ》と侍分《さむらいぶん》まで捨てて、海ぃざんぶと飛び込んで、泳いできました、ええ？　波に揺られてたどり着いた江戸で、蛍の光《ひかり》窓の雪、冬に肌着を脱いだらパチッて、あ、なに？　静電気？　じゃ、静電気の明かりまで拝借しましょ、って、爪《つめ》に火ぃ灯《とも》すどころか両の爪からブワーッと紅蓮《ぐれん》の炎《ほのお》を吹くような暮らしんなかで書いた狂言《きょうげん》を、ええい、地に捨てるたあ、あまりにむごいじゃございませんか。

南北　嘘《うそ》。おおげさ。両の爪から火が出てたら書けないと思うんだよね。筆持とうとした時点でここんとこ火傷《やけど》してるからね。

実之介　いひひひ、意地悪だなあ。先生って、そういうとこ意地悪だなあ。そこが好きなんだなあ。襟直しましょう、ね、こうなったら。

南北　いい！　好きで襟してんの！

実之介　おお。

南北　おお、じぇねえ（ビンタ）。もう、好かれていることがうっとおしいと感じる新しいタイプの男だな、も。（手を　叩く）黙阿弥《もくあみ》。黙阿弥！

新瓦版売り、河竹黙阿弥になっている。

新瓦版売り／実は河竹黙阿弥　河竹《かわたけ》、黙阿弥だ。

南北　おっぱらって。

実之介　小僧じゃございませんか。

南北　いいセリフを書くんだ、こいつぁ。

河竹　南北先生がつけてくれた。黙阿弥だ。黙《だま》る阿弥《あみ》と書く。阿弥が、だまるというな……（悩む）どういう意味だろう？

実之介　先生！　なんでこのだめっぽい奴《やつ》より、あたしがだめなんです。

南北　お金の匂《にお》い。

実之介　お金でございますか。

南北　あんたの台本にゃね、お金の匂いがしないんだ。
実之介　と申されても。
黙阿弥　私も読んだんで言わせてもらいますよ。（台本を取り出し）たといば、ここんところ。松ヶ枝藩の田舎からマタギの兄弟が武士になろうって出てくる場面があるね。まずここでつまずいてる。いいかね。

別の場所。
またぎの兄弟、黒太郎と灰次、走り出てくる。
黒太郎、バンバン鉄砲を撃つ。

黒太郎　おい灰次！　怪我は？　怪我ぁしてないか。
灰次　いやぁ、すげえ血が付いてんだけど俺のじゃない。
黒太郎　……たく、なんてことしてくれんだよ。おめえは。
灰次　わーっとなっちゃってたんでよく覚えてないの。
黒太郎　おめえはな、俺らの大事な剣術の先生様をな。（ため息）あー、も、マタギの俺らがやっとこ伝手《つて》つけて頼み込んで稽古《けいこ》を付けてもらえたってのに。
灰次　だって、よええんだもん、あの師範代《しはんだい》。
黒太郎　弱けりゃ殺していいのか？　今、松ヶ枝藩は勤王《きんのう》側につくか佐幕《さばく》につくかでもめてんだ。よそ見すんな。いいか、勤王は、帝をかかげた新政府、佐幕は従来通りの幕府、な。その真っ二つに割れてんだ。

灰次　わかるぞ。
黒太郎　わかるだろ。
灰次　難しいってことが。
黒太郎　このばかたれが、政《まつりごと》が難しくなってる時期にどさくさまぎれに俺らも侍になる伝手をだな……（声が聞こえる）……！　おい隠れろ。物陰《ものかげ》に……。お！　なんかいい感じの物陰だ。

物陰に走り込む二人。
数人の武士が走り込んでくる。

武士1　黒太郎！　灰次！　出てこい！
武士2　くそ、さすがに山道に強いな。
武士3　にしてもたかだか山男の分際で坂田《さかた》師範代を木刀《ぼくとう》の一撃で討ち殺すとは。

もう一人の武士やってくる。

武士4　岩松《いわまつ》と三谷《みたに》が追跡中に鉄砲で撃たれてました。額を一撃。鉄砲もかなりの腕です。
武士3　始末しよう、これが知れたら下手をすれば我々は切腹ものだ。
武士1　マジで？

武士3　かなり。

武士たち、走り去る。

黒太郎　まずいことになったぞ。
灰次　鉄砲でやったのは俺じゃねえ。兄貴だ！
黒太郎　静かに！　俺が撃たなきゃ今頃二人とも捕《つか》まってた。
灰次　じゃ、共同作業だ！　照れるな！
黒太郎　だからうるせ。おい、忘れるな灰次。（灰次に触《さわ》る）俺たちは侍になるまで村に戻らねえと誓って村を降りたんじゃねえか。
灰次　んふん。
黒太郎　それがもはや侍にもなれねえうえに村にも戻れねえ。
灰次　ひっひっ。
黒太郎　真面目に聞け！
灰次　いちいち乳首を「かすっ」てするから。
黒太郎　（ぶち切れて）なんだい乳首かすったくらいで！　乳首かすりもできねえ関係性か？　村の貧しさ思い出せ！　やあやあ！　松尾《まつお》の村を救うには、女は女郎《じょろう》に、男は武士になるしか道はねえんだ。
灰次　兄貴。兄貴。

見れば周りを囲まれている。

黒太郎　俺のせいか！
灰次　うん。すごく騒ぐんだもん。
黒太郎　それもそうだが、灰次、なんとかしろ。

音楽。

歌　首がよー、首がポンポンよー

首がポンポン飛ぶような派手な立ち回りの末、全員去る。
元の場所。

実之介　いーいじゃござんせんか、派手で！
南北・黙阿弥　限度があるだろ。
黙阿弥　天保《てんぽう》の改革以来派手な立ち回りは御法度《ごはっと》。マタギが武士をうち負かすというのも案配《あんばい》が悪い。
実之介　そこが痛快なんじゃねえか。弱いもんが強いもんを負かすってのが。

黙阿弥　だって刀で追ってきてるのに鉄砲でバーンてやってんだぞ。しかも、頭に直《じか》にバンて。後味《あとあじ》悪いだろむしろ。

南北　あと「マジで」って台詞《せりふ》。ありえないと思う。

実之介　言うでしょ。言いますよ。「マジで」って。

黙阿弥　奉行所《ぶぎょうしょ》もピリピリしてるからね。今。天下の市川団十郎《いちかわだんじゅうろう》なんて派手にやりすぎて所払《ところばら》いになっちゃったんだから。

実之介　（もの凄《すご》く驚く）へえええええ！

南北　できない話は金にならない。金んならない話を聞くのは時間の無駄遣《むだづか》い。だから、あばよ。

実之介、小判を道に投げる。

実之介　チャリーン！

南北　……チャリーンて。（小判に）うー！

実之介　（くどい感じで）チャアリイイイン！

黙阿弥　（困る）なんなんだろう。

実之介　そうかい。じゃあ、お金の匂いがすればあたしの話を聞いてくれるってんで？

南北　なんの真似《まね》だ？

実之介　時間の無駄ってんなら、その時間、あたくしが買おうって話だ。おお、おいおい。客を無下《むげ》にすんのかい。（目が座って）茶、出せ。支配人呼んでこい！

黙阿弥　狂言作者ってなあ客に話を売る商売だ。そこいもってきて金を払って話を聞かせるとは本末顚倒《ほんまつてんとう》。第一、当代一の売れっ子南北先生がたかだか小判一枚で……（南北を見て）うわあ、拾ってる。

南北　（怒鳴る）いや、お金は好きだよ！　お金のどこが悪いの？　あんた昔、お金でこめかみグリグリっとかされたの？

黙阿弥　……そんな怒《おこ》んなくとも。

南北　よござんす。……おもしろい趣向だ。一両分《ぶん》話を聞きましょ。ただしこれは無《な》しだ。（台本を破る）ゴワサンだ。

実之介　きゃああ！　きゃああ！

南北　……いちいち息苦しいな。いいか、マタギが武士になりたいなんて話は所詮《しょせん》ありふれてございますよ。こんなもな、ガセだ。ガセの介《すけ》だ。あんた聞けば侍分を捨てたって話をしたな。なにかよほどのことがございましたな。あんた自身の話のほうがおもしろそうだ。この一両分の時間のなかで、あんたというニンゲンの話をお金の匂いのする狂言にしたててくれよ。

実之介　……いただきましょう。ガセの介ですか。今いただきましたそのありがたい名前に恥じぬよう。一両分の時間の間、ガセもまじえて聞かせましょう。私というニンゲンの狂言がそれでゴワサンなるやならざるや。

実之介の母ムツと姉のヤツ、テツ、オヨツがドヤドヤと走り込んでくる。

ムツ　（いきなり実之介にビンタ）おりゃああ！
実之介　わあ！　なんですか、母上、いきなりああた。
ムツ　なんですかじゃございませんよ。実之介。ちょっとすわんなさい。いいいい。今夜はいよいよお隣の三又《みまた》家と晴れて祝言《しゅうげん》だってのに、あらいやだ。また売れもしない狂言なんかにうつつをぬかして。書きなさんな。書きなさんな。侍なんです。あんたにはね、先祖代々受け継いだこの松ヶ枝藩五万石《ごく》の勘定所元締役《かんじょうしょもとじめやく》という大事な役職があるんだから。
実之介　勤《つと》めは勤めで私は。
ムツ　聞きなさい。今夜は祝言なんだから。
実之介　……。
ヤツ　（激怒）なにのんきに座ってんの、あんたは！
実之介　い、いや、今、だって母上が座れって言いましたよ。
テツ　冗談で言ったに決まってるでしょ！
実之介　そんな微妙な冗談ありますか！
ムツ　はい、立ちなさい。寸法を採るんだから。採寸でございます！
ヤツ　ご近所のみなさん採寸でございます！
実之介　ご近所に知らせずとも……。姉上、ちとこそばい。
ムツ・ヤツ・テツ　動きなさんな。動きなさんな。

ヤツ　ああ、残念なり残念なり。やっぱりあんたは寸足らずな弟だ。父の形見の羽織袴《はおりはかま》じゃとうていブカブカ寸足らずの介だ。

実之介　だって、小さいわけがあります。

ムツ　（ぶん殴って泣く）情けない。三十にもなって母の背も越せないとは。いつ越すんだい！　四十かい。五十かい。

実之介　今から伸びる予感がしません（泣く）。

ムツ　そうですか、いいですか。とにかく加瀬家存続の命運は今宵《こよい》の祝言のあなたのふるまいの匙加減《さじかげん》にかかってるんですから。あんたね、お隣のお福《ふく》さんと許嫁《いいなずけ》のちぎりを交わしたのが十二の歳。十八年も待たせるから、こないだも刃物持ち出して死ぬの死なないのって騒ぎんなっちゃったんでしょうに。

実之介　存続って、母上、落ち着いて、これは、土台《どだい》無理な話じゃあありませんか。

ムツ　無理って何だい？

実之介　うつつを捻《ね》じ曲げて、土台無理なことを忘れてらっしゃるんです。

三味線の音。

ムツ　（突如虚《うつ》ろな目で）うつつを捻じ曲げて？

テツ　母上？

実之介　そ、それはともかく、ここだけの話。母上。私は昨日いきなり勘定奉行様から大事なその、密命を受けておりまして、なので祝言はひとつ延期に。

ムツ　嘘おっしゃい。芝居がやりたいだけでしょう。ほれ、ヤツ。ちょとテツ、オヨツ。お仏壇‼　お仏壇！

歌　搬入《はんにゅう》、搬入、先祖の搬入

搬入、搬入、先祖の搬入

鳴り物のなか、仏壇を運んでくる先祖たち。

ヤツ　今日は特別に私たちのご先祖様たちがお仏壇を搬入してくれるんだよ。

実之介　これは先祖なんですか？

ムツ　（金をチンとならして）あんたね、根絶やしにしちゃいけないんだよ、加瀬家を。ごらん。上の姉たちは行っちゃ出戻《でもど》って行っちゃ出戻って、もう、腐《くさ》って胡座《あぐら》で腕相撲です。なんで腕相撲なのでしょう。オヨツなんかね、顔色どうした？　青です。

オヨツ　青いよー。

ムツ・ヤツ・テツ・オヨツ　だから歌舞伎なんかに、うつつを抜かしてる暇はないんです実際の話。

実之介　母上一つ、大事なことをお忘れになっておるのです。

ムツ　大事なこと？

実之介　姉上たちの前では言えませぬ、こちらへ……。

ドンチャンと鳴り物が入って、三又家の人々、鯛《たい》を持ち祝言の衣装で現われる。
父・録蔵。母・イマ。お福。

録蔵　加瀬様。おごめん。
ムツ　あら、お隣さん。ずずず、ずいぶん早いお着きで。あらいやだ。私、お線香臭《くさ》い！　エヘヘ。撤収《てっしゅう》！
御先祖様、お仏壇撤収！

仏壇を撤収する先祖たち。

お福　あのおおお。
ヤツ　実之介！　(前に突き出す) お福ちゃんにちゃんと挨拶なさい。
実之介　ううう。
お福　まだですかあ。わたくし寝てないんですけど、まだですかあ。(包丁を持ってる)
実之介　いや、あのお福さん、だってまだ朝だし。
お福　あたしもう二十六なんですね。操《みさお》を守って律義だ、かわいいねって歳から、うーん、守りすぎ？
気持ち悪いねって歳にさしかかってるわけですね。近所のよしみで許嫁の契《ちぎ》りを交わしてかわいげの
限界まで待ってんですから、今さら日の入りくらい待たなくてもいいと思うんです。
実之介　ま、ま、理屈はそうだけど、なんで包丁なんか持ってるかなあ。

お福　これはまあ、おいといて。
実之介　いや、包丁自体をおいといて。
お福　おけませぬ！　あのね。鯛のお造りをかっさばいたんです。どうにも目がさえて丑《うし》の刻《こく》あたりから一人で。いひひひ。だから、早くしないと腐っちゃうんです。あたくしが腐るか鯛が腐るか、どっちが早いかもう瀬戸際の勝負なんです。
イマ　どうぞお許しを、てねえ、もう、謝ったらいいんだか開き直ったらいいんだかのあれだ、せめぎ合いだ。
録蔵　こんなありさまなんで、近所のよしみでひとつ前倒しで祝言だけでもあげさせてもらえませんか。さもなくば三又録蔵《みまたろくぞう》、ここで切腹いたす所存で。
イマ　では、私は練炭《れんたん》自殺を（練炭で自分の頭をぶん殴る）。
実之介　使い方が違うような。

徳利と弁当を下げた豊田《とよだ》と瀬谷《せや》、登場。

豊田　加瀬殿。加瀬殿。
実之介　あ！　これは豊田殿に瀬谷殿！
瀬谷　約束の刻につき、迎えにあがった。
お福　約束だあ！
実之介　ま、ま、ま。あの。

録蔵　祝言の日に約束なんてぜんたい何用で。
瀬谷　（晴れ晴れと）芝居見物でござる。
お福　やあやあ。
実之介　わわわわ！
瀬谷　芝居見物なんでござる。
実之介　なんで二度言うの？　なんで空気が読めないの？
ムツ　芝居ってああた。
お福　（首をつろうとする）それではお先に。
録蔵　いざ切腹を。
イマ　（また練炭で頭をぶん殴る）
実之介　だー！　ま。ちょと、あの、ほんと、マジで、マジで、一時ですむ芝居ですから！（南北と黙阿弥に）ね、武士も「マジで」って言うでしょ。
南北　……へえ。
黙阿弥　ふうん。
南北　どうでもいいけど、これはほのぼのドタバタ家庭劇なの？
黙阿弥　私たちの踏み込むべき領分ではないような気が。
実之介　いやいや、も、前ふりなんですからこれは。
ムツ　誰と話してんですか！

実之介　(戻って) 母上、ちょとこちらに。(ひっぱる)

ムツ　痛い痛い。

実之介　(小声で) 芝居というのは実は我ら松ヶ枝藩勘定方《かた》の裏の符帳《ふちょう》でございます。

ポンと鼓。

ムツ　符帳?

実之介　(はり倒す) 声がでかい! 先の飢饉《ききん》で藩の財政逼迫《ひっぱく》のおり起死回生《きしかいせい》のための重大な密命がございます。芝居というのはその仕事の符帳なのです。つまり、芝居というのはあくまで、芝居というのです。芝居なのです。

ムツ　あ、そう。

実之介　おわかりいただけました?

ムツ　わかるわけないざんしょ! お仏壇搬入! お仏壇、再搬入!

歌　搬入、搬入、先祖の搬入

わらわらと先祖たちが仏壇を持って出てくる。
猿や恐竜や、巨頭の未来人までいる。

ムツ　ご先祖に誓って言えますか。ついでについて来た未来人に向かって言えますか。

実之介　誓えます！

ムツ　なんだか半笑いなのです。

実之介　私、こんなになっちゃうんですか？　……しかし、ほんとにほんとにほんとにほんと。この仕事が外に洩《も》れたら、お家存続、祝言はおろか、よくて切腹、悪くて斬首《ざんしゅ》、ひどい時にはさらし首。家禄《かろく》は没収、一家は断絶。

歌　すなわち

実之介　（未来の人たちをさして）こっちの人たち、さようならああ。

豊田　（入ってきて）加瀬殿！　時間がござらん！

瀬谷　芝居が、始まってしまいますぞ。

ムツ　（その真剣な形相を見て）……わかりました。それほど大事な芝居なればお行きなさい！　その代わり、（酒と杯を持ってきて、実之介とお福に注《つ》ぐ）はい！　飲んで！　お福ちゃんも。ぐっと！　せき込みなさんなせき込みなさんな！　ご先祖様、見ましたね。はい。それではご一同様お手を拝借、一本締めで。せえの。

パン。

ムツ　（おごそかに）婚姻《こんいん》成立でございます。

ドーンと太鼓。

実之介　ええええ⁉

お福　ふつつかで腐りかけですが、よろしくお願いします。

瀬谷　加瀬殿、ささほれ、日の高いうちに。

実之介　ああ、はい。

お福　（あっという間に仕事着になり、家事をしながら）お早くお帰りくださいね。今夜は、（目をむいて）眠らぬつもりの福でございますので。

笛の音、の間に場面転換。

実之介　（南北に）ってどうです。ここまでは。

南北　色気がないんだよね。怖《こわ》い女いっぱい出てきたけど。

黙阿弥　大衆の心つかむにはやっぱり随所随所に恋愛おりこんどかないと。女が書けないとだめですよ作家は。

実之介　お説ごもっとも。ではここで先に出てきたマタギの兄弟を思い出してください。

黒太郎と灰次、出てくる。

灰次　ひでえ顔だぞ兄貴。
黒太郎　あたりめえだ。三人も殺したんだぞ。
灰次　ひでえね、兄貴は。
黒太郎　おめえは五人殺したんだ。
灰次　へ。
黒太郎　照れることじゃねえ。そんなかわいい顔してもダメだ。五人殺したヤツにかわいい顔されてもよけい怖い。
灰次　数の問題か？
黒太郎　こええのは人を切るときのおめえの、なんつうか、状態だ。
灰次　状態？
黒太郎　頭んなかで猪《いのしし》切ってみれ。
灰次　うりゃおい。（切ってみる）
黒太郎　人、斬《き》ってみれ。
灰次　うりゃおい。
黒太郎　竹の子、切ってみれ。
灰次　うりゃおい。
黒太郎　（叩く）おんなじだな！　あのね。ふつうもっとこう違うだろ。なんつうかこう人斬るときは温度差がほしいっていうのよ。盛り上がってほしいのよ。

灰次　でもそれじゃ猪に申し訳がたたねえべ。切られ損だべ。俺はよ、人間の女とも猪の女とも平等にやってんのよ。名前までつけてよ。殺すときだけ区別はできねえよ。

黒太郎　猪と？　……おめえ本気で言ってんのか。

灰次　まあ、どうしても、って時にはよ。かわいい奴なんだ。やったあとに、食えるんだよ？　猪突猛進《ちょとつもうしん》型っつうか……ま、猪っつうか。え？　結婚？　ちょっと考えさせて。

南北・黙阿弥　こんな恋愛はいらない。

実之介　まだ先があるんですって。

黒太郎　おい。

灰次　う？

黒太郎　お吉だ。

太鼓の音。

黒太郎と灰次、隠れる。

実之介　そうです。彼らの幼なじみ、お吉の登場です。実は私の故郷松ヶ枝藩の米所《こめどころ》、松尾村では不作続きで飢饉が起きてましてね、哀れみなしごお吉が村を救うため女郎に引っ張られる場でございます。

黙阿弥　それもありがちな風景じゃない。

実之介　そこで一興。この女は長崎は平戸《ひらど》から流れてきた貧乏芸人の一座がむげにも村に捨ててった女でございまして、ただひとつバテレン仕込みのテヅマ使いの娘らしく、人智《じんち》を超《こ》えた芸を持ってございます。
黙阿弥　人智を超えた芸とはいかに。
実之介　甲なるものを乙なるものに乙なるものを甲なるものに、手をふれることなくポンと気合いにして移動させるという「甲乙逆転の術」でござい。
黙阿弥　なんだいそりゃあ。

実之介を「ささ、芝居に」と連れ出す豊田ら。
「おい、答えろよ」と言いつつ、南北らも去る。
鳴り物。
山道。過剰にヤクザ風の男二人に引き立てられるように歩くお吉。

ヤクザ１　オラオラとっととあるきゃがれ。
ヤクザ２　ヤクザだヤクザだヤクザだぞ、逃げると容赦《ようしゃ》しねえぞ、このやろう。
お吉　あー、も、そんなせっついたりしなくても。あたし別に嫌がってないじゃないですか。村の阿弥陀《あみだ》くじで負けたんだから。あきらめいいほうなんです。お願いしますよ。
ヤクザ１　そんな早くあきらめられちゃ張り合いがねえだろ、この野郎。
ヤクザ２　昨日まで駕籠《かご》かきで、今日が初日のヤクザなんだ、こっちに花もたす形でもっと嫌がったりしろ、この野郎！　気を遣ってほしい。

お吉　あたしみたいな芸人くずれのみなしごに、そんな複雑な気を遣えませんよ。ささ、日の暮れぬうちに、船着き場まで連れてってくださいよ。

ザンザンと武士たち走ってくる。

武士1　おい、駕籠かき。

ヤクザ1　へい。え？　いやいや。

武士2　そう見えたから言ったまで。山道でマタギの兄弟を見なかったか。

ヤクザ2　駕籠かきじゃねえし！　ヤクザし！

武士2　オイ！　人を集めよう。

お吉　ちょっと待って！　お侍さん。そのマタギの兄弟、なにをやらかしたんです。

武士3　……言う必要はない。

武士たちザンザンと去っていく。

ヤクザ1　……カゴカキって当てられた。籠《かご》すら持ってないのに。

ヤクザ2　俺たちが今まで築き上げてきたヤクザ性が……。

お吉　黒さんと灰次だ。
ヤクザ1　え？
お吉　さっきのマタギの兄弟って、松尾村の幼《おさな》なじみです、きっと。
ヤクザ1　ごめん、話しかけないで、今、態勢仕切り直してんだから。
お吉　ま、ま、ま、元気出してくださいよ。行きましょう。
ヤクザ1・ヤクザ2　……えいほ、えいほ。
お吉　自虐的《じぎゃくてき》だなあ。

歩きはじめるお吉たち。
出てくる灰次と黒太郎。

灰次　見たか兄貴。
黒太郎　お吉の奴。
灰次　どうした。
黒太郎　あれだけ術を使えといったに。
灰次　術？
黒太郎　ああ、三日前の長老会議で決まったんだ。このままじゃ、村で餓死《がし》が出る。涙を呑《の》んで村の若い娘を一人吉原に出そうって。そん時に不平等のないように阿弥陀で吉原行きを決めようていう話になったんだ。
灰次　しらなんだ。
黒太郎　猪のけつばっか追っかけまわしてるからだ。で、俺は幼なじみのよしみで忠告したんだ。おめえには甲乙逆転の術がある。それを使って阿弥陀がお吉のところに来たら上の棒を一本移動させて当たりを隣りにずらせって。なんでやんなかったんだ。ばかだなあ、売られちまいやがった……。
灰次　兄貴。
黒太郎　あんだ。
灰次　おめえ、お吉に惚《ほ》れてるのか。
黒太郎　バ、バカ言え。バカ言うな。バカ言え。
灰次　どっちだ。
黒太郎　幼なじみのよしみで心配してるんだ。でもちょっとひっかかることがある。
灰次　なんだ。
黒太郎　お吉の奴、俺らの名を呼ぶとき灰次と黒太郎つったな。
灰次　つったっけか。
黒太郎　おかしいでないか。歳の順から言って黒太郎、灰次だべ。灰次、黒太郎って順番はちと案配が悪い。なんか不正の匂いがする。
灰次　……。
黒太郎　なんだその面《つら》は。

灰次　兄貴のつまんねえこだわり、好きだ。とにかく後を追っかけようでないの。追っかけて灰を黒にしようでないの。首根っこ押さえつけてビシっと決めてやろうでないの。

黒太郎　おめえは前から言おうと思ってたけど。

灰次　ああ?

黒太郎　……正真正銘の基地外だな。

灰次、黒太郎を連れ、無理矢理去る。
実之介と豊田と瀬谷、出てくる。

実之介　さあ、芝居だ芝居だ。芝居だよ。

豊田　加瀬殿。

実之介　芝居だ芝居だ。わっしょいわっしょい。どがつくどんどん、どがつくどん。

豊田　ノリノリですな。

瀬谷　しかし、芝居という芝居はこれにて終わりでござる。

チョン。

実之介　……やはりほんとにやらねばならないんでしょうか。

瀬谷　まだ言いますか。
豊田　藩のため殿様のため民《たみ》のため、言ってしまえばわれわれのため、やむをえんことです。
実之介　はあ。いかさま左様《さよう》で。……ん？

武士たちまたザンザンと駆けていく。

豊田　おい、こんなところで人に見られると案配悪い。
実之介　……ありゃあ伝習所《でんしゅうじょ》の連中ですね。
瀬谷　血相《けっそう》を変えてたな。なにか騒動があったようだ。
豊田　瀬谷君よ、様子を見てきていただけまいか。

瀬谷、意味深《いみしん》にうなずいて去る。

実之介　では、豊田殿、私はくだんの芝居に。
豊田　（ゆっくりと）しばし、加瀬殿。尋《たず》ねたい。
実之介　は。なんでしょう。
豊田　……俺を、どう思う。
実之介　はあ？

豊田　俺は、どんな感じだ。
実之介　強いていえば、ロバ。
豊田　そんなことは聞いてござらぬ。ござらぬし思ってもそういうこと言わないでほしい。大人なんだから。
実之介　あと、滑舌《かつぜつ》が少し甘いかと。
豊田　ダメ出しの場ではない。知ってのとおり今、松ヶ枝藩は勤王か佐幕かでザワザワと割れておる。あたかも上様《うえさま》を守ることが格好悪いみたいな風潮だ。そんな折り、上様に忠誠を誓い幕府存続を武士の矜持《きょうじ》として貫《つらぬ》かんとする俺の不器用な生き様って奴、それはどうかと聞いておる。
実之介　あ、いや、後半ちょっと難しかったけども、ご立派かと。
豊田　君はどうなのだ。
実之介　どうと申しますと。
豊田　だから勤王か佐幕か。
実之介　いやあなんだか、ちっと生臭い話になってきましたな。
豊田　遠慮するな。ここだけの話。胸にしまっておく。
実之介　いやあ、まじすかあ。
豊田　実はこの仕事の後、瀬谷を斬ろうと思っている。
実之介　ういあああああ！
豊田　黙れ！　いいか。き奴は裏で長州や薩摩と通じ我が藩で勤王派をつのり謀反《むほん》を起こす気だ。
実之介　なんでそんなこと知ってるんですか。

豊田　胸にしまっておくと言って聞き出した。
実之介　全然胸にしまってないじゃないですか！
豊田　あれ！　まあ、いい。胸にしまわなかった。とにかく斬る。で、君はどっちだ。遠慮するな。
胸にしまう。瀬谷の戻らぬうちに、さあ。さあ。胸に飛び込みなっされ。
実之介　こりゃあ……怖い胸だなあ。
豊田　なに？
実之介　いいい、いや、あたくしは、そりゃ、もう、殿様命《いのち》でございます。幕府大好きっ子でございます。
豊田　……そうか。武士に二言《にごん》はないな。
実之介　あい。もう、ほんと。（豊田と握手）今後とも、よろしくな、幕府。
豊田　私は幕府ではない。しかし、胸に飲んだぞ。
実之介　では、遅くなってはあれですので、わたしはこれにて。

去る実之介。
思わぬ場所から出てくる瀬谷。

豊田　おい、やはり奴は佐幕だ。
瀬谷　……豊田殿の胸は怖い胸だな。

去る二人。

廃墟の芝居小屋。現われる灰次と黒太郎。

灰次　ほれ、兄貴。こっちのほうが近道だったべ。こりゃあ、昔の芝居小屋だな。この小屋に隠れて連中を待とう。

黒太郎　お。待て。侍だ。

実之介が現われるので、二人隠れる。

実之介　（芝居小屋の戸を叩いて）ドンドンドロツクスクドンドン。皆の衆ご苦労。（咳払《せきばら》い）加瀬実之介である。

黒太郎　おい、加瀬ってやあ、勘定方だぞ、変だな。なんでこんな潰れた芝居小屋にいるんだ。

実之介　芝居見物にござった。

中から「へーーい」と数人の男の声。

と同時に芝居小屋が開き、中が見えると男たちがキンコンと小判を叩いている（男たちは人形である）。

ただならぬ雰囲気がある。

実之介　今日も朝からせいが出るね。

男たち　混ぜて混ぜて。

実之介　こねてこねて。

男たち　たたいてたたいて。

実之介　増やして増やして。

男たち　ズッチャラリンコン、チャリンコンで、できあがりい。

実之介　じゃあ、できあがった分をいただくよ。

男たち　へーーい。

実之介　（小判を風呂敷にかき集めて）ああ、あいもかわらずよくできてる。本物とたがわねえ。この松ヶ枝藩が飢饉を出しながらも、なんとかどうにか体裁《ていさい》を持ってられるのも、おまえたちが毎日ここでがんばってくれてるからだよ。

男たち　へーーい。

実之介　感謝してるよ。一枚の小判に混ぜものをして三枚の小判を作る。まあ、言ってみりゃ小判に芝居をさせてるようなもんだ。小判が芝居をするってことは、あれだよ、それで買ったおまんまも芝居をするってことだ。つまり、そのおまんまを食ってるこの松ヶ枝藩のもの全員を役者にしちまったってことだ。すげえじゃないか。おまえたちは殿様にまで芝居させちまったんだからな。それを廃《すた》れた芝居小屋でやるってのはなかなか趣向が効《き》いてるよな。

男たち　へーーい。

実之介　だけど、ま、芝居には幕切れってもんがある。終わらない芝居はない。

黒太郎　何言ってやがんだあいつは。
灰次　しっ。なにかおっ始《ぱじ》める気だ。
実之介　今日が千秋楽《せんしゅうらく》だ。

実之介、刀を抜き全員の首をポンポンとはねていく。血が噴き出す。
ギャアギャア叫ぶ男たち。

黒太郎　おいおいおいおいおい、えらいことになってるぞ。
灰次　……はは。すげえ！

黒太郎、慌てて灰次の口を押える。

実之介　……ごめんよ。そろそろご公儀《こうぎ》の目が怪《あや》しくなってきたんだな。ここがばれたら殿様が腹を切らなきゃならなくなる。もちろん真っ先に切るのは俺だ。ほんと誰かにいつか否定してほしいんだけどね、（しみじみ）命ってさ、言いたくないけど、重い軽いがあるからな。（チンと刀を鞘《さや》に収める）俺は否定できないよ。ただのくだらない侍だから。ただあんまし痛くならないようにヤットウだけはちゃんと毎日稽古したからな。（また刀を振り回し）勘弁よ。
黒太郎　灰次、行こう。ちとやば過ぎるものを見ちまった。

黒太郎、逃げようとして物音をたて、さらにそれをごまかそうとしてとんでもなく大きな音を立てながら小屋に転がり込んでしまう。

実之介 ……見たのか。山男。

黒太郎 見てません。に、贋金《にせがね》作って藩のご用金を穴埋めしておいて、その口封じに一番弱い立場の職人を殺したとこなんて断じて見てません。

灰次 兄貴。今日の兄貴はやけにベタだ。

実之介 いや、しょうがない。見たものはしょうがない。甘いお菓子をあげましょう。だから黙っててくれないかね。俺も今日はおそまきながら晴れて祝言の日だ。これ以上の殺生はよくない。

黒太郎 ……。

実之介 （笑う）こう。おいでよ。怖くない怖くない。お菓子でダメなら小判を一枚あげましょう。（投げる）

チャアリイイン。

灰次 ……。

黒太郎 灰次！　贋物だ！　お金も心も！

灰次 （拾う）ありがとう。

灰次を切ろうとする実之介。

鉄砲をかまえる黒太郎。

実之介　……侍に山男が鉄砲をむけるのけい。
灰次　やっぱり兄貴だ。そうでなきゃ。
黒太郎　やむなくだ。ばかたれが。俺を試したな。
実之介　おいおい。撃《う》つ気かよお。
灰次　五人殺した日に五人殺した男にあった。こりゃあ何かの縁だ。殺しゃあしねえ。兄貴、取引だ。
実之介　取引とは。
黒太郎　今日のことは見ないことにする。その代わり俺たちを侍に取り立てるよう殿様なりご家老なりに計《はか》らってほしい。
実之介　はあ？
灰次　つまるところ俺ら侍になりてえだよ。
実之介　あのね。侍なんて思ってるほどいいもんじゃないよ、言っとくけど、うっかり刀したまま横になったりすると、腰骨に「なに今のぉ！」みたいな衝撃が走るし、狭いとこ通り抜けようとするとガツガツって。
灰次　（遮って）なあなあ。俺が否定してやるよ。あんた命には重い軽いがあるってさっき言ったな。侍になって俺が否定してやるよ。
実之介　いきがるな！　山男！　つうかよう。兄貴、と呼ばれてるほう。何人も殺して弾は入ってるのか、それ。

黒太郎　あ、あうあ。
灰次　……なんでまたそういうのどかな反応を。
黒太郎　う、撃ってみりゃわかるべえ！

芝居小屋をノックするものあり。

豊田の声　加瀬殿！　加瀬殿！　豊田だ。そろそろ芝居は終わっただろう。迎えにござった。
実之介　あ！　……あいや、しばらく。（灰次たちに）ちょちょっと待て。話は後だ。小屋から出ろ、そっちの裏口からとりあえず出ろ。
灰次　侍にしてくれろ。
実之介　おまえらに見られたことがばれたら、その場で切腹だ。侍どころの騒ぎじゃない。
黒太郎　や、約束しろ！
実之介　わかったから。「ござる」とか「それがしは」とか言えるようにすればいいんだろ？
黒太郎　ほんとか？
実之介　武士に二言はない！　と思いたい！
豊田の声　返答されい、加瀬殿。
実之介　いますぐ。されどしばらく。（灰次たちに）おい、出ろ！　ええいなんでそんなノロノロしてるかな。出ろ！　出ろお！

黒太郎たち、外に出る。
そこにお吉たち、なだれこんでくる。

お吉　（胸元を押さえながら）あれええ、ちょ、ちょ、やめてくんなまし。
黒太郎　お吉！
灰次　（遮る）しっ。
ヤクザ1　でへへへ、売り物のくせに今さら何を言ってやがる。
ヤクザ2　（押さえつけて）初物《はつもの》はいただくぜ。
お吉　私には好《す》いた人がいるんです。好いた人がいるんです。
ヤクザ1　しゃらくせえ、このバイタ。（投げ飛ばす）
お吉　ああれえ！（黒太郎らと目があって）って。げ！　黒さん！
黒太郎　なにをやってやがる！
ヤクザ2　わ、びっくりした。なんだなんだ！
灰次　おい、てめえら商品に手を付けるのはよくないな。
お吉　違う違う。
ヤクザ1　うるせえな。やっとのってきたところだ。引っ込んでろ山男。

灰次、ヤクザ1を切る。

歌　どおおおおん

ヤクザ1、死ぬ。

ヤクザ2　斬殺《ざんさつ》かよ！
灰次　ばおばお！
ヤクザ2　信じ切れない！

ヤクザ2、逃げる。

灰次　待てよ。ヤクザ！　殺すから。絶対殺すから。（追う）
黒太郎　大丈夫か、お吉！　辛《つら》い目にあったなあ。
お吉　（胸ぐらつかんで）あ、アホかおまえはあ！
黒太郎　……え？
お吉　なんで殺すかな！　あの人たち、ちょっと前まで駕籠かきだったのに、信じ切れない！
黒太郎　俺じゃないもん。

お吉　弟の尻は兄が拭《ふ》くもの！
黒太郎　幼なじみが襲われてたら助ける。灰次にも五分《ごぶ》の理《ことわり》だ。
お吉　予行演習だっつの！
黒太郎　……予行演習だあ？
お吉　吉原で、初物の女郎がどうふるまえば男が喜ぶか、一緒に考えてくれてたんじゃないか！
黒太郎　話が見えねえんだけど。
お吉　どっちにせよあたしはもう売られたんです。どっこでやられようが本気でやられようが……やられるんです。それを助けるってんなら売られる前に助けるのが筋でしょうよ。お願いしますよ。
黒太郎　……や……だから俺は阿弥陀でよぉ。
お吉　そういうズルじゃなくてもっといい助け方があったんだよ。
黒太郎　ええ？　なんだろう。
お吉　とにかく止めなきゃ、バカ灰次。（去る）
黒太郎　だめだ。巻きぞい食うって。お吉！　おーい。おーい。

お吉を追う黒太郎。
再び芝居小屋。
豊田、瀬谷ら数人の武士の前で詰め腹を切らされようとしている実之介。

実之介　（泣いている）おーい、おーい。

瀬谷　ささ、実之介殿。松ヶ枝藩の秘密を守るためだ。な、これがばれたら殿様が腹を切らなきゃいけなくなる。さあ、武士らしく早くスッパリ腹を切らっしゃい。

実之介　なんで私だけなんですか。

豊田　あんたは佐幕派だ。こんなかであんただけが幕府側の人間だ。

瀬谷　我が藩は今後、薩長《さっちょう》と共闘を結び藩をあげて勤王の体制をとることになる。

実之介　えええ？　聞いてません、そんなこと。

豊田　歌舞音曲《かぶおんぎょく》にうつつをぬかし、時代の流れに耳を傾けなかったからだ。

実之介　ていうか、ああた！　ああたも幕府側だって胸はったじゃないすか。俺はロバに似てるって、胸はったじゃないですか。

豊田　ロバはあんたが言ったんだ。なんでそんなことで胸をはるか。あなたに合わせて芝居をしたまで。本当のことを聞き出すには芝居をするに限る。私はばりばりの勤王派だ。

皆　勤王派だ。

実之介　きったねえええ！

瀬谷　おい。小判を馬に！

足軽　は。なまんだぶなまんだぶ。（小判の包みを持って去っていく）

実之介　実は自分が勤王か佐幕かなんて考えたこともないわけで。

瀬谷　考えたことがないのもまた罪である。時代の空気を読め。加瀬実之介。

豊田　瀬谷殿。

瀬谷　（刀を抜き）許せ、加瀬殿。これが芝居の筋だ。資金繰りに困って乱心した勘定方が昔の芝居小屋で宴会を開いていた職人を皆殺しにして自殺した。これにて贋金作りは藪の中。これはそういう物語なんだよ！

実之介　きっっっったねえええ。

音楽『私を野球につれてって』。

実之介、逃げようとするが死んだはずの職人たちの身体が起きあがり、「きったねえ」と言いながらからまってきてうまく動けない。

実之介　気、気ばかりあせって身体《からだ》が動かない。

豊田　（追いつめて）覚悟を！　加瀬！　順番なんだ！　俺だっていずれ死ぬ。

突然、壁をぶち破ってヤクザが飛び出してくる。それを追って入ってくる灰次。

勢い余って豊田を袈裟懸《けさが》けに斬る。

灰次　どーん！

豊田　……じゅ、順番が違う。（死ぬ）

灰次　あ、ごめん。

間。

瀬谷　な、なんだあ、貴様はあ！

瀬谷、斬ってかかるがあっさり灰次に斬られる。他の武士もドンドン斬りかかるがドンドン斬られる。

黒太郎とお吉、入ってくる。

黒太郎　うっわ、何やってんのおまえ。

灰次　……あ、あ、止めて！　兄ちゃん斬っちゃう！

実之介　（灰次から刀を奪う）この基地外野郎！

お吉　これはまずいよ、お侍さんじゃないか。ものすごくまずいよ、灰次！

灰次　だって。斬ってくるんだもん。

黒太郎　いいからこい！

黒太郎とお吉、灰次を連れて去る。

入れ替わりに足軽、入ってくる。

足軽　小判、積み終わりました……って、えええええ！
実之介　あ、いや、これは。
足軽　か、か、加瀬様！　怖い！
実之介　ちちち、違う違う。（刀を捨てる）
足軽　（小屋から飛び出し）加瀬様があ、加瀬様が怖いことにい！　（ザブンと川に飛び込む）
実之介　おおい！
歌　どえらいことに、なりにけり

別の場所。

足軽　お、お奉行様、大汗《おおあせ》は走ったがゆえ、お許しを。加瀬様が乱心。豊田様をはじめ勘定方のお役人を五人、金細工の職人を五人、斬っては捨て斬っては捨て、ズンズンズンバラリンと、み、皆殺し。ご用金を奪って遁走中《とんそうちゅう》でございます。（再び水に飛び込む）
歌　悪いほうへ悪いほうへ　話ゃあ転がる、こんころり

ドドン。加瀬家。ムツたち。足軽、なぜか自ら顔を出す。
なんだなんだと先祖たち、出てくる。

足軽　加瀬家の皆様方！　走ってきたゆえ、大汗お許しを。そのような次第でありますので、おってお奉行から正式に沙汰《さた》がありますが、家禄没収および家名断絶、ならびに、お国ばらいは避けられないこととお覚悟、お覚悟なさいませ、とのこと。

全員　ぎゃあああああああ！

ムツ　実之介‼

お福　あ、あ、あのあの、あたくしは！

足軽　先ほど祝言をあげられたのであれば、もはや基地外の泥棒のその妻。処分はいたしかたないことかと。

お福　処分……（叫ぶ）気が狂うなら、なんで昨日気が狂っとかないのよお！

足軽　言えてる。

実之介・お福　もう、戻れない！

歌　その頃、若い三人は、海のほうへと逃げ延びて

ザーンと波の音。別の場所。海辺。

夕方。現われる黒太郎、灰次、お吉。

灰次　うわ。こええ。海初めて見た。

黒太郎　まあ、ここまでくればとりあえず大丈夫だろ。

灰次　（風呂敷包みを背負っている）見てみれ、小判だ。どさくさに紛れてとってきた。

お吉、黒太郎と灰次にビンタ。

灰次　な、なにしやがんだ、このアマ。
お吉　台無しだよ！　せっかくわざわざ売られたのに。
黒太郎　わざわざ？
お吉　わざわざ売られたんです、あたしは。
黒太郎　……じゃあ、おまえ。
お吉　阿弥陀の棒を、動かして、クジが自分に当たるよう術を使ったんだ。
灰次　……なんでまたそんな損するようなことすんだべえ！　たたくぞこのお！
お吉　村の娘のなかで身よりのないのはあたしだけだったんだもの。考えに考えすぎて一日爆睡《ばくすい》して、起きてまた考えたあげくの選択だよ。
黒太郎　孤児なら新田《しんでん》のタズがいたべえ。
お吉　タズさんには好いて好かれた人がいたもの！
黒太郎　……。
お吉　や、ま、そんなマジな目されると逆にあれだけどね。こっちは売られてなんぼ、流れに流されてなんぼ。それでいいんだ。もともと旅芸人の捨て子なんだから。わきまえますよ。わきまえ上手です。

でもね、もしも、なんて、あたしにゃ上等な言葉だけどさ、もしもだよ、あたしも好かれた人があったら、これ重要ね、好かれた人があったらさ、あたしだって、わざわざ売られたりしないよ。小さなもしもに賭けてみたくなるよ。

間。

黒太郎 気になる。
灰次 なにが。
黒太郎 これ重要ね、って言ったとき、灰次のほう見てたねチラリと。
お吉 ええ?
黒太郎 今の好いた好かれたっていう、ちょっといい話はよ、灰次に聞かせることのほうが重要なのけ。
お吉 い、いや、もっとこう一般論なのだけど。
黒太郎 じゃ、なんで俺でなく灰次なんだ。
お吉 それはあの。
灰次 ……。

突然ヘロヘロの実之介、現われる。

実之介　や、やあっと見つけた、こんちくしょう。
黒太郎　やばいぞ、灰次。
実之介　(刀を抜く)そうだ。今の俺はかなりやばい生き物だぞ。おめえらのおかげでもう、守るもなあ
なんにもない。地獄へ道連れだあ。
灰次　こらあさすがに自信がねえ。
黒太郎　俺もだ。弾がねえ。
実之介　へへ。今日はいろんな奴に怖がられておもしれえや。
灰次　相手が多すぎる。
実之介　多すぎるのか、俺は。おもしれえや。……え？

大勢の武士が出てくる。

実之介　わあ、びっくりした。
武士5　後ろは崖《がけ》だぞ。山男。
武士6　応援を呼んだ。今度は確実に殺す。
お吉　あ、あたし関係ありません！
実之介　えーと、私もこれは関係ないようなのでひとまず失礼。
武士7　加瀬殿か。悪いが伝習所のメンツのためだ。この場を見られたものはすべて死んでいただく。

お吉・実之介　そんなああ！

黒太郎　灰次。飛び降りよう。

灰次　やだ、俺、海のことよくしらねえ。

黒太郎　猪とやれるくせに海くらいなんだ！

灰次　海とやれっていうのお⁉

黒太郎　そんな話してねえし。

実之介　みなさん、話し合いで解決を。

武士5　問答無用！　（斬りかかる）

実之介　（武士5を斬り捨てる）ごめん。私、意外と強いんです。職人の首斬るために凄く稽古してたんです。

突然なぎなたを持って現われていたムツ。

ムツ　実之介ぇ！

実之介　母上！　（ムツが追ってくるので逃げる）

ムツ　行くな！

ムツを斬ってしまう実之介。

実之介　母上！

笛。

実之介。

ムツ　母を……斬ったな。じゃあ、人でなしだ。あんたは加瀬家の、加瀬家のたった一人の……。呪うぞ。

ムツ、死ぬ。

実之介　……母上。あんた、どこで間違えた……。

お吉　死、死んでる。

お吉、ムツを助けようとして足を滑らせ、崖から落ちる。

お吉　きゃあ！　灰次ーー。

灰次　お吉！　どうして、あの状態から落ちた！

灰次、飛び込む。

黒太郎　……おい、今のどういう意味だ！　なんでまたここで灰次の名を呼んだ！

黒太郎も飛び込む。

実之介　じゃあ、私も立場上、飛び込まざるをえませんね、ああ、いやだなあ。

実之介、飛び込む。

武士たち、見下ろして去る。

夜。鯨《くじら》の吠《ほ》え声。

水から顔をあげる実之介と灰次。

灰次　まずい！　小判背負ったままだ！　助けるどころじゃねえ。お、溺《おぼ》れるべ。これ、溺れるべ。

木につかまっていた実之介、助ける。

灰次　助けてくれるんか。

実之介　……しかたない。あんたも俺を助けてくれた。おい、兄貴と女は。

灰次　心配ないだろ。二人とも泳ぎは達者だ。おい、それより、約束忘れないでくれよ。俺を侍にしてくれよ。
実之介　ま、俺はね、侍はやめる。その分一人侍が増えたほうが勘定が合うかもしれん。
灰次　加瀬の旦那、あんた、自分の母ちゃんを切ったな。
実之介　……ああ。
灰次　化けて出るとか言ってたけど、平気なのか？
実之介　平気かどうかはこの顔に聞け（目を寄せる）。
灰次　わ、わかんねえ。わかんねえ、わかんねえ。

月。
吠え声とともに大きな黒い生き物が背後に浮かび上がる。

灰次　な、なんだありゃあ。
実之介　鯨だ。俺も初めて見た。すげえなあ。
灰次・実之介　うまそうだなあ。

バンジョー。ジャズの調べが聞こえる。
ボブとトム。二人の黒人を乗せた小舟が近づいてくる。トムはバンジョーを弾いている。

ボブ　フリー！　フリー！

実之介　おお、船だ。ありがたい。おおい、おおい。

黒人たち、実之介たちをオールで助ける。

実之介　ふう、助かったって、うわ。
ボブ　フリー！　ウイアー、フリー！
実之介　おめえら、クロンボか！
灰次　ええ！　すげえ！　黒いなあ！　初めてづくしだ。
ボブ　アイアム・ボブ。
トム　アイアム・アンクルトム。
実之介　わかった。そうかそうか、おまえらだな。
灰次　なんだ。
実之介　伊豆の下田に今きてるハリスって野郎の黒船から奴隷が二人脱走したって噂を聞いたことがある。おまえらか脱走したのは。
ボブ　フリー、フリー！
実之介　なんだって。
灰次　フリーだって。

実之介　脱走のことフリーって言うのか。
ボブ　ウイアー、フリー！
実之介　なんだかわかんないが、まあフリーってことにしとくか。
灰次　脱走がフリーなら俺たちもフリーだな。
実之介　ああ、そうかい。これがフリーかい。行く当てもなく家もなく、陸の見えねえ小舟にポツリ、手にある小判は贋小判。これがフリーか、クロンボさんよ。
ボブ・トム　イエス。ファッキン・フリー！
実之介　かるーい感じに聞こえるが、けっこう手厳しいな。フリーっていうのは。（笑）
灰次　それ、フリー！（小判をまく）

いつの間にか南北と黙阿弥がいる。

黙阿弥　なんで小判まくんだよ。
南北　必然性がないよ。

鯨が潮を噴きながら横切る。
二人が小判をまくうち、幕。

第二幕

歌　デブの　まるでデブの腹のような　波に乗って夜が揺れているよ

夜の海。波に揺れる流木に捕まった黒太郎とお吉。

黒太郎　お吉。俺あな、今は追いつめられて濡れ鼠《ぬれねずみ》だ。だけど、俺の器《うつわ》はこんなもんじゃねえぞ。村で鉄砲が一番うまいのも俺だし、村で初めて鬱《うつ》って漢字を空《そら》で書いたのも俺だ。鬱ってすげえぞ、顎《あご》に梅干し作って見れ。ん。そんな字だ。な。だからいつかこの才覚を活かし、侍になって、その、暁《あかつき》にだ、日本、うん、日本は言うまでもなく変えるとして、俺はもっと手の届く範囲から変えたいと思ってる。これはな、お吉、たとえばおめえとの幼なじみっていう関係だ。その関係を……キョロキョロ、キョロキョロなんだ、おめえは！

お吉　や、だって、灰次のやつ無事かなって。

黒太郎　おかしいよ。それは案配がおかしいぞ。

お吉　え？　普通に心配してるだけだけど。

黒太郎　待て。灰次と俺、どっちが目の前にいる？

お吉　黒さん。

黒太郎　ね。順序がおかしいよ。俺だってかなり崖っぷちの状況だ。だったら目の前にいる人間のことから順に心配していこうよ。それがものごとの筋だべ。

お吉　……えと、だから、見えないほうがむしろあのさ、見えてないほうより……わあああああ！

黒太郎　なんだよ。びっくりさせるな。

お吉　星が……星が、落ちてく。

巨大な隕石《いんせき》がまっすぐに夜空を突っ切っていく。
途中で爆発し、二つに分かれる。

黒太郎　二つに分かれたぞ。ひゃあ、夢みてえだ。

お吉　一つは東に。

黒太郎　一つは西に。

轟音《ごうおん》。

お吉　灯《あか》りだ！　灯りだ！　あっちの星の行く彼方。陸が見える！　町だ！　……なんか……ほんと、夢みたいだ。

黒太郎　奇跡だ。お吉。流れ星のおかげで助かるぞ。

二人、そのまま泳ぎ去る。

別の場所。南北と黙阿弥、ついでうるさく実之介、出てくる。

実之介　ちょっとちょっとお。せっかく幕閉じたのに、開けないでください。こっちにも計算があるんです。

黙阿弥　そうはいかないよ。

実之介　つれなくしないでくださいまし。

黙阿弥　だってなんか嘘臭いすよ、この人。鯨見たとか言ってるし。

実之介　見たんですって。クロンボが指さしてホエール、ホエールってからホントに吠《ほ》えるの？　って思ってたんですが、吠えましたね、鯨は、吠えるですね。いっひひひひ。

南北　ごめん。もう、ほんと胃にもたれるわ。この人。

実之介　（小判を投げる）チャアアアリーン。

南北　……きたあ。

実之介　どうやら先生は一両じゃ足らないみたいで。

黙阿弥　（怒鳴る）失敬だぞ。ガセ之介！

南北　（拾って）いやあ、話しぃ聞いてると、危ない危ない。この小判もガセの臭いがしてくるからなあ。

（懐にしまう）

黙阿弥　もらっちゃったい。

南北　嘘か真《まこと》か命をはったガセ小判が二両。あんたの命の一かけ二かけと思って懐《ふところ》に抱きましょうか。ただしこれがガセとわかればあたしも地獄行きだ。それを覚悟に聞くだからして。こっから先のあんたの嘘に、これっぱかしも嘘が混じってたら、いいかい、あんたも地獄に道連れだよ。

黙阿弥　いいセリフだ。

南北　照れるじゃないか！

実之介　おおせのままに話します。とにかくあの後三日三晩わたくしたちはドンブラユラリと小舟に揺られ、ほどよく運よく都合よく、夢にまで見た当世世界一の都、江戸の港にたどり着いたんでござんす！

音楽。

突如、江戸の町。

いきかう人々。黙阿弥、男１に変貌。

実之介　見ちまった、すげーもの見ちまった。

男１　だんなだんな、見たとこお上《のぼ》りさんだね、どこいいくねいぜ。深川《ふかがわ》まで来て見世物を覗かない手はないよ。手品《てじな》軽業《かるわざ》曲独楽《くせごま》力持《ちからも》ち、奇人《きじん》珍禽《ちんきん》異虫魚《いちゅうぎょ》奇草木石《きそうぼくせき》に練物張抜生人形《ねりものはりぬきいきにんぎょう》とね、もう言ってる本人がなんのことかわからないってからまた凄い。これでもだめなら、もうね、俺の口内炎《こうないえん》でも見ていきゃい！

実之介 （目が血走っている）いいいい、いいんだよ見世物と口内炎は、そいどこじゃないんだ。

女 ちょいと、ちょいと！　見てごらんよ、おいちゃん。

実之介 そいどこでもないし、おいちゃんじゃないんだな。

もの凄いお化けを男女が苦渋《くじゅう》の顔で引きずっている。それをはやしたてる人々。

女 あららら。心中《しんじゅう》の死に損ねえだ。お化けになり損なった奴にお化けをしきずらせるって趣向だい！　おもしろいね、おいちゃん。

実之介 どうした、頭が弱いのかな？　や。あたしはね、俺は現実なんかに興味はないんだ。見ちまった。凄いものを見ちまったんだ。いやあ、まずいな。こりゃあもう、引き返せませんよ。

と、そこへ灰次、現われる。

灰次 おおお、すげえお化けだな。（実之介を見つけて）ああ、なんだよ、探したぜ、だんな。どこ行ってたのよ、クロンボ、人に押しつけて。

実之介 あの、あの鶴屋南北《つるやなんぼく》先生の大当たり狂言『東海道四谷怪談《とうかいどうよつやかいだん》』を観てきたんだ。しらねえのかよ。

タミヤイエモンだよ、お岩《いわ》さんだよ。ドロドロドロの戸板返しだうらめしやあだよ。すごいね。ブルっと怖気《おじけ》が走ったね。

灰次　それよりおっさん。

実之介　おっさんって言うなあ！

灰次　おっさんなのに？

実之介　斬るぞ。まじで。刀こそ海に落っことしたが。

灰次　そりゃ残念。で、提案。こんだけのお宝があるんだ、行こう。

実之介　え？　どこへ？

灰次　吉原だよ、決まってるだろう、安くてくせえ旅籠《はたご》に何日もこもって、たまに表に出るのは芝居見物だけ。いいかげん腐るぜ。こんな金、後生大事に抱いててもいつ首が飛ぶかわからねえ。パーッと一晩で派手につかっちまおう。フリーーだ！

実之介　バカ言うな。

灰次　なんでバカ言っちゃいけない。

実之介　決めたんだ。芝居小屋を建てる！

灰次　バカ言うなって言ったはしからバカ言っちゃって。

実之介　俺ぁどのみち侍分を捨てた身。捕《つか》まれば死罪だ。土台生きてることが嘘なんだからして、こうなったらいっそ嘘を商売にするよ。だったら芝居だ。芝居をやろう。な！　筋が通った考えだろ！

わっしょいわっしょいだ。

駕籠かきが一組通りかかる。

灰次　へへ。でもあの金じゃ、土地は買えても材木代までまわんないぜ。わっしょいわっしょい。

実之介　なんとかならあな、わっしょいわっしょい。

灰次　いいご機嫌だね。わっしょいわっしょい。

実之介　だろ？　板の上ならならおめえだって立派な二本差《ざ》しになれる。

灰次　ほんとに⁉

実之介　どうだ、この手っ取り早さ。南北センセがなんぼのもんだ。新進狂言作者。ガセ之介ここにありだい。ぶんがちゃっちゃ、ぶんがちゃっちゃ。

灰次　わあ、ノリノリだ、ささノリついでに、（実之介を駕籠にのせる）乗りねい乗りねい。

実之介　わあ、こりゃいいや、わっしょいわっしょい、どこい行く？

灰次　吉原にやってくれ！

実之介　おい！　俺の話聞いてたのか！

灰次　うん。（真面目に）吉原にやってくれ！

実之介　なんだその真剣さは！　おい！

駕籠、「エイホエイホ」と走り出す。

小娘、走り出てくる。

小娘　お侍ご一行様おこしー。

旅籠《はたご》である。デデンと鳴り物。
瀬谷修一朗《せやしゅういちろう》(50代)。豊田夢之進《とよだゆめのしん》(30代)。田辺健蔵《たなべけんぞう》(30代)。安藤小太郎《あんどうこたろう》(20代)。兵庫慎之介《ひょうごしんのすけ》(20代)、入ってくる。

田辺　やあ、今日も一日仇《かたき》探し。疲れた疲れた。
小娘　仇討《かたきう》ちですか？　へえ。
瀬谷　これ、照れるじゃないか。仇討ち仇討ち言うな。はっはっは。
小娘　……え？　どうして照れるんですか。
豊田　や、どうしても仇討ちって言葉の響きにかっこよさが隠しきれないでな。
小娘　はあ。
安藤　なにしろ命がけの旅だ。命がけってなんかな、かっこよすぎるでな。
全員　ははははは。
小娘　まあ……あの、がんばってください。(去る)

間。

田辺　豊田殿、あんまり、伝わってませんね。私たちの武士的な心意気。

豊田　だから私はあれほど白装束《しろしょうぞく》で決めましょうって言ったのに。我々には仇討ちの統一感がたりないのです。田辺くんのかっこはなんだ、ほとんど桃太郎じゃないか。

田辺　急だったからしょうがないじゃないですか。

慇懃《いんぎん》な店の番頭、出てくる。

番頭　や、はは。これはどうも。私、番頭でございます。ようこそおいでいただきやんした。

兵庫　世話になるぞ。

番頭　え、そりゃ、も。なんでも仇討ちのご一行様だそうで。

豊田　（実之介、似顔絵を出す）この男を見かけたら知らせてくれ。そしてとにかく飯《めし》にしろ。

番頭　あ、この方があなたの仇様で。

武士ら全員　我々の仇だ。

番頭　（拍手）じゃあ、みなさんで仇を。

兵庫　わかった？　頼みましたよ、番頭さん。

番頭　大勢で一人を。

瀬谷　……それぞれみんなの仇だからな。

番頭　五人がかりで。
豊田　ははは。悪いか？
番頭　一人の弱そうな奴を。

間。

番頭　よってたかって火あぶりに。
瀬谷　（怒鳴る）チクチクチクチクチクなんだあ！
安藤　瀬谷様！
瀬谷　なんで火あぶりなんだよ！　斬るよ。せっかく刀持ってるんだから。もったいないじゃん！
安藤　（瀬谷を部屋の隅へ）騒動は、困ります。
瀬谷　感じ悪いんだもん！
豊田　番頭、宿帳を出せ。サクサク書くから。
田辺　仇討ちに出てわずか一か月、江戸の楽しさに負け、我が仇討ち隊はついつい遊んでしまいました。私は、止めたんですよ。でも瀬谷様なんか、お土産買ってキャッキャキャキャッキャはしゃいでたじゃないですか。こんな手品なんか買っちゃって。
瀬谷　……だって。欲しくて！　（手品）
田辺　しかも、できちゃって。

田辺　ね、だから路銀《ろぎん》も後わずか。ここの宿代も仇討ちの見てくれの良さに免じて値切ってしまおう
という腹なのですから。
兵庫　瀬谷様。努めて感じよく、願います。
豊田　いいか、親父。（と言いかけるが瀬谷に）ちょっと手品気になる！　（咳払い）この加瀬という男は
並大抵ではないのだ。
番頭　へえー。それはまた。

想像。突然、血まみれの実之介が乱入し、灰次のように斬りまくる。

豊田　一月前《ひとつきまえ》突然乱心し、松ヶ枝藩勘定方である我々の親族と金細工職人あわせて一〇人を、右に
ズンバラ左にズンズンバラリと、斬りに斬り倒したお化け野郎だ。聞け。武士というのは伊達《だて》や酔狂じゃ
生きていけない生き物だ。私は義理の兄を殺された。我が豊田家の家長だった。家長が殺されると、
その仇を親族がとらぬ間、お家はおとりつぶしとなるのだ。敵を恐れて共闘しているのではない。
全員がお家再興の使命を帯びているからあえてだぞ、あえて団体行動なのだ。
番頭　……わかりました。（口を曲げ）すごいですねえ。
瀬谷　なんだその「すごいですね」は！
番頭　いや、すごいからすごいと。
瀬谷　昏の形！　昏の形よ！

豊田 瀬谷殿！　年長者なんだから！
番頭 それではみなさん、どうぞがんばって大勢でどうか大勢でたった一人を討ち取ってくださいまし。
瀬谷 まだ言うか！　どの口が言うか！
番頭 ……え？　(口を曲げて、去る)
瀬谷 唇ー!!　唇ー!!
田辺 瀬谷様！　……斬るぞこら！
瀬谷 ……なんだよ……こわいよ。
豊田 ……騒ぐな田辺。腹が減る。このところ一日一食で倹約してるのだからして。
兵庫 ここの払いをすませたらもはや一文無し。この先は刀を売らねばならぬ覚悟を。
豊田 国がひっくり返るやもしれん当節、小藩のちんけな仇討ち話なぞ誰も興味をもたん。
安藤 言っちゃいかんかもしれんことを言っていいでしょうか。
兵庫 ……なんです、安藤殿。
安藤 みんな、あの、本気でね、加瀬を討ち取れるって思ってます？

間。

安藤 言っちゃいかんことだったんだあ。
田辺 こんな奴が一人で一〇人も殺したなんて、信じ切れない。城の端っこで算盤《そろばん》ばかりはじいてきたしがない役人の私が……刀を持ってわけのわからない殺人鬼の首をとろうと追ってる。無理だ。
（泣く）僕は……事務職なのに！　字はうまいです……字は、うまいんです。
瀬谷　ええい、泣くな田辺。歌ってやるから。

突然ものすごくうまく歌い出す瀬谷と仇討ち隊。

♪星は普通に綺麗《きれい》　陽はまた普通に昇る
鳥は歌う世界続く限り未だ見ぬ多分
フランスっぽい愛とかの歌を
普通で当たり前　そんな世界の片隅で

おおいえ、お家、再興
武士の意地　武士の意地
この太平の世に
誰も見向きもしない

いつの間にか、ものすごいミュージカルに。

♪されど　正義　はかなくも正義
腐れども正義　仇を打て
歴史の教科書にゃ決して載らない
我ら脇役　五人一組だから
けれど早まるな　目を凝らし耳を澄ませば
永遠の脇役が　ここにいる顔を覚えて
足を止め息を殺し耳を澄ませば
君と似てる脇役が　今冒険の旅に出る
お家　再興！

田辺　なんだかよくわかんないけど少し元気が出てきました。

安藤　とはいえ、具体的な話、ここに奴がいたとして、我々は、えい、親族の仇と名乗りをあげれるんでしょうかね。

障子の向こうでバッサバッサと人を斬る実之介の影絵。
シンとなる一同。

安藤　……また言っちゃいかんことを言ったようですね。

一同、去る。轟々と火の手の上がる音。と、音楽。

歌　燃えている　燃えている　町が燃えている

身体を炎に包まれた人々が歩いていく。

現われる黒太郎とお吉。

黒太郎　おいおいおい。

お吉　……燃えてる。やだ、燃えながら歩いてるよこの人たち。気持ち悪！　気持ち悪！

黒太郎　なんかすげえことになってるな、この町。

お吉　だ、大丈夫ですかあ？

人　……星が、星が落ちてきて、宿場町が火事になりました。

黒太郎　ええ？

お吉　海で見た流れ星だ。

黒太郎　やっべええ。町に落ちたのか。

数人の浪人が一人の燃える武士を抱えて現われる。

浪人・斉藤　関殿！　熱いですか！
浪人・佐野　関殿！　燃えないで！
浪人・関　熱い熱い。
斉藤　貴殿に死なれると困る。燃えないで！
関　火が怖い！　火が怖い！
斉藤　ここで死んでは断腸《だんちょう》の思いで水戸藩を脱藩《だっぱん》した意味がない。
佐野　励ますだけではダメだ。水だ！
黒太郎　……今頃気づいた！
斉藤　何やつ！
黒太郎　や、や、あやしい者じゃございません。ただの流れ者でございます。
佐野　やい、水のあるところは知らぬか。
お吉　あ、あたしたち海から流れ着いて来ましたが、そこまでは一里ほど。
斉藤　一里か。……持つかな。
佐野　今現在、燃え中でござるしなあ。
関　（水路を指さし）そこここに水らしきものがあるが、それはあのーだめなのか？
斉藤　今は違うということになっておるようです。
関　無念だ。……せめて大狸《おおだぬき》を討ち取った後なら。

佐野　せ、関殿。人前で口が過ぎます。
関　無念くらい口にさせてくれい。出てきていきなり死ぬのだからして。（ピストルを渡し）形見だ。
　これを、使ってくれ。来世は太鼓持ちになりたい。
浪人たち　関殿！

関、燃えながら去っていく。

斉藤　関殿が……燃えながら、逝《い》ってしまわれた。
佐野　……ちょっと見てられん。（黒太郎に）忘れろ。もう、いこう。
お吉　あの、お、お待ちください。質問。
斉藤　なんだ。文句あんのかブス。
お吉　浪人さんというのも、えと、侍なんですか？
浪人たち　はあ？
黒太郎　おい、お吉。
お吉　み、みなさんはあの、なんか理由があって水戸藩を、脱糞《だっぷん》なさったんですよね。
佐野　脱糞じゃない。脱藩だ。
斉藤　基本をふまえた女だな。
黒太郎　お吉。浪人だって侍は侍だ。失礼なこと聞くな。

お吉　すごいおおざっぱな感想なんだけど、お侍さんたちはそこの旅籠でなにか企ててました。狸ってのは符帳でしょ。ね。脱藩しなければならないようなことですから、そうとうに地位のある狸を殺そうっていう密談です。で、その中で一番偉い人が流れ星に当たって死にました。ね。その人は鉄砲がうまい人です。て、鉄砲を使う人がいなくなって皆さんは困ってます。ですよね。

斉藤　……女。

佐野　（刀に手をかけ）目端《めはし》がききすぎるのも命を縮める元《もと》だぞ。

お吉　こいつを仲間にしてやってください！

斉藤　なんだとう。

お吉　この黒太郎はただの山男です。ただ侍になりたいだけの男です。でも鉄砲は使えます。小理屈は言いますけど頭はいいです。（黒太郎の背中を押す）どうか、侍に。（頭を下げる）

黒太郎　……ほ、星を見た！　それを頼りにこの町に来たら、その星があんたらに落ちてた。こ、これは当たりだべ。当たりくじだべ！　俺を使ってください。（土下座）

間。

斉藤　銃なら俺でも使える。だがそれほどに自信があるなら俺と勝負しやがれ。俺に勝ったらおまえを仲間にする。

佐野　（耳打ち）斉藤殿。いいのか。

斉藤　（耳打ち）いずれにせよ全員腹を切る。よりうまい鉄砲うちが狸をやる。それでいい。大事なのは計画だ。

佐野　いい覚悟だ。よし、両者充分に離れろ。肩をブラリとさせろ。俺が十数《とお》えたらかまえて放て。メリケンじゃあこうして決闘するらしい。

斉藤、黒太郎、離れる。

佐野　十。

お吉　自信は？

黒太郎　ある。

佐野　九、八。

黒太郎　けど思い出した。

佐野　七。

お吉　どうした？

佐野　六。

黒太郎　弾がない！

お吉　ええ？

佐野　五。

黒太郎　どうしよう。
佐野　四。
お吉　どうしようって。
佐野　三。
黒太郎　まずい。死んじまう。
佐野　二。
お吉　……しょうがないなあ（ポーズをとる）。

突然時空がよじれ、インド人たちによるダンス。

♪ハーリハーハー　ハーイーハハー
シャーリシャーハー　シャーラクシャヤハー
コーガ　オーツニ　ナリマーリ
オーツガ　コーニモ　ナリマーラ
ジンジンジンジロジロロ
ネンネンネンジロジロロ
コッチノジュウガ　ソッチノジュウニ
ソッチノジュウガ　コッチノジュウニ

ナリマーリッタラ　ナリマーリ
イレカーリッタラ　カワリーラ（などと）

とにかくすごいことが起き、斉藤の弾が黒太郎の鉄砲に。

佐野　一。
黒太郎　お吉！
お吉　撃って！

黒太郎、撃つ。
斉藤、腕を撃たれ倒れる。

斉藤　……なんで弾が。長っ！
黒太郎　これが甲乙逆転の術か。
お吉　（フラフラになりながら）うん。
黒太郎　すげえ。甲乙逆転そのものより、その過程がすげえ。
お吉　だからやるのやなのよ、これ。（倒れる）
佐野　……仲間を不安にさせたくない。幸い関殿は我々以外に顔をさらしていない。おまえは今日から関と名乗れ。つまりは表向き我らの指図役《さしず》だ。

黒太郎　ええ？

佐野　ばれたら斬る。

斉藤　こい。後戻りはできんぞ。

黒太郎　どこへ。

斉藤・佐野　桜田門《さくらだもん》だ！

黒太郎ら、浪人たちと去る。

華やかな音楽。

歌　ここは吉原　なんでもありんす　いつわりの恋でも　ありんす　果ててくんなまし

かむろ新造《しんぞう》につかれ花魁道中《おいらんどうちゅう》が花道を通る。

飛び出してくる灰次と実之介。

灰次　ぎゅあああ。すげえ。花魁だ花魁だ！　おっさん、早く早く。

実之介　いや、だから俺はそういうのはいいってばよお。あと、ほんとおっさんて言うなよ！

灰次　ぎゅあああ。やっぱ猪とは違うなあ！　二本足だもの！　牙で芋を掘らないもの！　木に体をすりつけて縄張りを主張しないもの。

実之介　あたりまえだよ。なんで花魁が牙で芋掘るんだよ。

遊郭《ゆうかく》主人・隠し玉、二人の若衆を連れ、現われる。

隠し玉　そうさこうさ。小粋なにいさんと小汚いおにいさん。どうぞおいでなんした。えらくいきりたちなしんして、傾城《けいせい》町がそないお珍《めずら》しゅうございんすかえ。

灰次　出た！　婆《ばば》あだ。いわゆるやり手婆だ！

隠し玉　やり手婆とはずんべんだらりな言い回しでございんすな。あきれけえるよ。わっちも元を返せばこなたの吉原傾城町じゃ引く手あまたの花魁で、今では揚屋町安対屋《あげやちょうあんたいや》の忘八《ぼうはち》。その名を隠《かく》し玉《だま》といわすもの。

灰次　基本的になになに言ってるのかわかんないけど、特になんだ、忘八って。

実之介　遊郭の主人だよ。仁義《じんぎ》礼智《れいち》忠《ちゅう》信孝悌《しんこうてい》の八つすべてを忘れっちまった女ってことさ。

隠し玉　ふはははは。ふはははは。

灰次　なんで笑うの？　怖いんだけど。

隠し玉　とはいえ、まあ、安対屋と言やあこの傾城町でもう五本、いや一〇本、いやいや、一五本の指に入る大店《おおだな》でありやんすでなめたら、なめたらあかんぜよ！

実之介　すいません。

灰次　一五本！　すげえ！

実之介　いや、どんどん値崩れしてるんだけど。

隠し玉　にいさん、初めてでしたらわっちのとこい、ご贔屓《ひいき》になさんせ。ピンからキリまでお好みズラリととりそろえていやんすから。うぃひひひひ。

灰次　ピンピン！　キリはいらねえ。金ならジャラリンコンといくらでもある。

隠し玉　そりゃあ頼もしいことでありやんす。お大尽《だいじん》お二人様ご登楼《とうろう》〜。（二人を引っ張る）

実之介　や、だだ、だから私はいいんだってよお!!

隠し玉　にゃあおう、にゃあおう！

太鼓ドンドン。

強引に二人を遊郭に連れ込む婆。

かむろや幇間《ほうかん》・玉助《たますけ》らが料理酒を用意する。

玉助　ども、玉助でございやす。お客さん、ついてるでげすね。今夜は、おはぐろどぶの向こうで余興の花火大会だ。ほれ、花火職人さんも遊びにおいでですげす。へ〜い。へ〜い。へ〜い。へ〜い。

花火職人が女郎を連れて通りすがる。

灰次　ええい、酒や肴《さかな》、邪魔だ。食欲と性欲を同時進行できるほど器用な人間な見えるか。さっさと女出せ！　馬糞《ばふん》婆！

隠し玉　あきれけえるよ。わっちが馬糞って？（鏡見て）言わんとすること、わかーるー。

灰次　うっせえ。ほれ、五両でどうだあ。ドーン。

隠し玉　なめたらあかんぜよ！（ふて寝）

灰次　ふて寝しゃあがった！

実之介　恥ずかしいなあ。ケチケチ遊んで二〇両。粋と呼ばるにゃ五〇両。一〇〇両出してやっとこお大尽なんだよ、ここじゃ。

灰次　でえええい。めんどくせえい。おら、一〇〇両だ。ごそっとやるからドカンとお股をおひろげなさんす女郎を連れてきなさんせだ！　上官の命令だ。

隠し玉　はははあああ！　一〇〇両でございんすかちょいとお席を……。玉どん、（玉助に耳打ち）超……田舎ものだ。あらあ、どんな豪勢なおかずが出てきても、ご飯にふりかけかけちゃうたまだいね。そうだ、きのう食うや食わずで転がり込んだ、わけありのいかず後家の飯盛り女、ピラピラしたのを着せて太夫《たゆう》だっつってみつくろってあげなんし、わかりゃしない。

実之介　おい！　一〇〇両って、困るぞ灰次！　芝居小屋を建てる金なんだから。

玉助　へい。じゃあ、着物に滅法《めっぽう》砂が付いてた女だったんで砂袋《すなぶくろ》太夫さんてことで。（去る）

隠し玉　ああた運がよござんすよ。初回で太夫がお相手しやんす特別待遇だからして。

実之介　勝手にしろ。俺は向こうで待ってるよ。

灰次　なんだよ、ノリ悪いなさっきから。チンポコついてんのかよ！（触ろうとする）

実之介　（怒）やめろ！　さわんなっつの。さわ、おい！　さわんなっつの！（激怒）これさわったら、俺を幸せにしてくれんのか！　じゃ、ほい、幸せにしろ、ほら！（血管が切れそうだ）

灰次　……ごめん。そんな自信はない。

実之介　俺はそっちで待ってるからさっさとすましてくれ！（離れたところへ）幸せにしてよ！

灰次　……どういう怒りかたなんだ。

玉助　（出てきて）準備もろもろ整いました。砂袋太夫おなりだよー。

お囃子《はやし》。女郎・砂袋、登場。

灰次　きたああああ！

砂袋　（いろんなところにつまずくので）あ、すいません。ちょと、え、慣れないもので、あ、ごめんなさい。

隠し玉　もちっとほれ、しなを作りなんし。こびを売りなんし。男を奮い立たせる目つきをしなんし。目で殺しなんし！　目と目で通じ合う、そういう人になりなんし！　無言？　意気地なしね！　無言？　意気地なしね！

灰次、飛びついて着物をひんむこうとする。

砂袋　な、なにをするんです。無礼な！

玉助　へい！　へい！　へい！　へい！

灰次　無礼なのはおまえの歳だ。こっちは一〇〇両払ってるんだ。くやしかったら若返れ。こんちくしょう。（帯をクルクルとほどく）

玉助　へい！　へい！　へい！　へい！

灰次　手拍子やめろ！　そういう空気かこれ？　真剣だ！　これだ。これがしてみたかったのだ。

砂袋　わ。わたくし落ちぶれ果てても……クルクル回すのは、ゆ、許しません。

目を回し、どっと端の実之介に倒れ込む砂袋。よく見ればお福だった。

実之介　わ。……あんた！

歌　どこかで見たよな、その顔は……

砂袋／実はお福　げ！　お、お、おのれは。

実之介　なにをやってるの？　こんなところで。

お福　加瀬実之介、ここでおうたが一〇〇年……おえええええ。（下呂を吐く）

灰次　やだ、なに、こいつ！　こわい！

お福、いずこからか出刃包丁を抜いて。

実之介　ち、違うんだよお福ちゃん。あれあね、みんなこいつがやったんだ。俺は巻き込まれただけなんだ。

お福　ひどい男だ！　憎い男だ！　あんたのせいで家禄は没収、一家は離散、父録蔵は心筋梗塞《しんきんこうそく》、母は誰かの夢ん中。ああ夢ん中。あたしの人生御破算だい！

実之介　だ、だからって無茶しちゃいかん。体を売るなんて。

お福　あたしの体をどうしようとあたしの勝手だい！　……（よろけながら追い回す）。

音楽。

隠し玉　と、止めな！　若い者！

若衆たち、止めようとするが。

玉助　だめでげす。動きが読めません。

実之介　まるでなにかが取り憑《とつ》いたような。そうだ、この動き、俺の歌舞伎に使えるぞ。取り憑きぃ。この動きを「取り憑きぃ」と呼ぼう！　お福さん、取り憑きぃな動きしてますね！

お福　ふざけるな！　殺してやる！　（牙が生える）鬼だ！

実之介　ひゃあ！　堪忍《かんにん》！　堪忍！

実之介、逃げ去る。

お福も追いかけて去る。

「待てい。足抜けは許さねぇ！」とそれを追いかける若い衆。

間。

隠し玉　……顔見知りぃ？

灰次　知らない。

隠し玉　ん、ん。じゃあまあ、そういうことで。（片付け始める）

灰次　……どういうこった。

隠し玉　こちとら粋《いき》と洒落《しゃれ》の狭間《はざま》でおまんま食ってんだ。けんけんする客はごめんだ。お帰りなんし。

たかが一〇〇両でなんだ。

別の場所を走っている実之介。

実之介　（走りながら）金使うなよ！　灰次！

お福　鬼だ〜。

灰次　じゃあ。もう一〇〇両でその粋とやらも買おう。おいおい！（投げる）そこまで粋だ粋だというのなら、昨日山から出てきた男に最高の遊女を抱かせるのも大見世《おおみせ》の忘八としちゃあおもしれえ洒落だとは思わないの。

隠し玉　二、二しゃく両かえ。あきれけえるよ。二しゃく両が洒落だと言われちゃこの隠し玉も引き下がれません。鉄のふんどし遊女のまこと、あればカラスがニャアと鳴くと申します。申しません。ま、大きな声じゃ言えませんがこの吉原大見世安対屋にも裏道がありなんしてな。

灰次　裏出せえ、裏出せえ。

隠し玉　そのかし、その裏道ゃ一方通行だ。しきかえすこたあできませんよ。……揚《あ》げ玉《だま》を呼びなんせ。安対屋一枚目の花魁を用意すべえ。

玉助　白玉《しらたま》太夫およーびー！

白玉太夫、しゃなりしゃなりと登場。

灰次　きたああ！　糞婆《くそ》、上玉《じょうだま》隠してやがったな！

くらいつこうとして。

実之介　金使うなあ、灰次！

灰次　おおっと待て自分、二〇〇両出してこの裏が出るってこたあ四〇〇両出せばさらにその裏が出るって話？

隠し玉　……かな？

灰次　この野郎！　白玉撤収！　けえれ！　四〇〇両だ！　裏の裏出せえ、裏の裏出せえ！

隠し玉　……裏の裏がどんなでも後悔なさんすな。

灰次　くどい！

隠し玉　これがほんとの最後の最後でございます。超一枚目を呼びな。

玉助　角海老《かどえび》太夫およーびー！

ズシャリズシャリと美しい角海老太夫、登場。

灰次　わあああああ！　（むしゃぶりつく）

実之介　頼むぞお、金使ってくれるなあ灰次〜！

灰次　と・い・う・気持ちをぐっとこらえて。お、なんだ、その顔。婆。どうだ！　ほんとは裏の裏がいるだろう。あ！　ど、どういう顔だ？　……ええいこれが最後の一〇〇両。しめて五〇〇両だ！　裏の裏のその裏を出しやがれ！

隠し玉　……身代《しんだい》すべて出しゃんしたか。

灰次　そうだ。後はもう、泣くしかない！　いや、もう、けっこう泣いてる。

隠し玉　では傾城吉原の裏の裏の裏。一枚目の上の一枚目花火玉太夫を、この揚屋町一の忘八隠し玉自ら引いてご覧に入れましょう。

実之介、別の場所に。

実之介　……（肩で息して）はあはあ、やっとお福ちゃんをまいたのはいいが、灰次の野郎、安対屋で残りの金を吐いてる気がしてならない。

南北と黙阿弥、実之介のそばに出てる。

実之介　予感は的中、見事にスッカラカンになっちまいやがったんです。
黙阿弥　じゃあ、小屋は結局建《た》たなかったのか。
実之介　それが建ったんです。
南北　どうして？　金もねえのに。
実之介　それは、灰次が勃《た》ったから。
南北　はあ？
実之介　灰次の奴が勃ったから劇場が建ったんです。
南北・黙阿弥　よく、わかんねえ。

実之介　まあいいじゃござんせんか。そうこうするうちいよいよ裏の裏の裏の登場でげすよ。
玉助　花火玉太夫さんご登場〜。

障子の向こうでむずかる花火玉太夫。

灰次　どうした、早く出てこい。
花火　恥あずかしいわええ。
灰次　いいからこい。
花火　こなたさんはわっちをコンロコロコロと優しくしてえ、くれるかいなあ。
灰次　優しい。獣を人間のように扱う男だ。
花火　あら、うれしい。とすれば人間ならば人間以上にあつこうてくれなんすが筋だえなあ。
灰次　だがひとつ言っとく。
花火　なんだいなあ。
灰次　獣はじらさねえ！

ダーンと障子を開けると毒々しく着飾った隠し玉。床にのの字を書いている。

灰次　ぬ、なあ。

隠し玉　……あたしじゃだめえ？
灰次　ば、婆。……（涙目）もうタマがねえならねえと、なぜ言わない。
玉助　裏の裏の裏まで返しちまうと、主人が出てくる仕組みなんでげす。

灰次、とっさに逃げようとするが、周囲を強力《ごうりき》たちに囲まれる。

玉助　強力！　逃がすんじゃねえ。とっとっと。ここで主人に恥かかされちゃあ裏の裏の裏まで見せちまった安対屋の面子《めんつ》が丸つぶれでやす。
灰次　ぐううう。四〇〇両の時の人に変わっていただけませんかあ。
玉助　時は金なり。時間とお金は戻りません。
実之介　その時です。

若衆が駆け込んでくる。

若衆１　女将《おかみ》さん、た、た、大変です！　星が。星が！
隠し玉　なんだえ！
若衆２　星が落ちてきます！

ドーンとものすごい音がしてメラメラと炎が上がる。大わらわな強力たち。

玉助　落ちた落ちた！　隣の丸木戸《まるきど》屋に落ちました。

強力　火の手があがってます！

隠し玉　お客さんを逃がしな！　あの勢いじゃすぐこっちまでまわってくるよ！　お客さん。名前なんてんだえ！

灰次　灰次だ。

隠し玉　灰次さん！　今すぐああたもお逃げなさんし！

灰次　なああああああ。

玉助　あらあら、大火事になりんすよ、これは。

灰次　こっちゃ明日から命がねえかもしれねえ身！　五〇〇両もはらっといて手ぶらで帰れるか！

隠し玉　はあ？

灰次　婆！　覚悟しやがれ！　火の手が早いか気をやるのが早いか！　五〇〇両分元《もと》ぁとらせてもらうべえ！

隠し玉　燃えますすってえ！　燃えますすってえ！

灰次、隠し玉を障子の裏にどんと突き飛ばす。

煙の出る荷物を背負った花火職人が慌てて走っている。

花火職人　火がついたあ！　あっしの花火に火がついたあ！　誰か消してええ！

障子の向こうにドーンと花火が上がる。

隠し玉　嗚呼《ああ》！　燃える燃える！　（障子から飛び出て）たまやあ！

灰次　（障子から飛び出て）かぎやあ！

隠し玉　（障子から飛び出て）たまやあ！

灰次　（障子から飛び出て）かぎやあ！

実之介　幸か不幸か、吉原におっこった流れ星はその日のうちに吉原を焼き尽くしました！　これが世に言う吉原の大火《たいか》です！

黙阿弥　幸か不幸かって、どこに幸がある。

灰次　（燃えながら走ってくる）おお！　だんな！　基地外女から無事だったんか！

実之介　無事だったかじゃねえよ。なに燃えてんだよ。

灰次　吉原が燃えた。でも営業は続ける。おはぐろどぶの向こう岸に臨時の吉原が立つ。

実之介　ええ？

灰次　聞いて。ついでにその安対屋の仮宅《かりたく》の地下に公儀に内緒で劇場を作ってもらうことになった。

実之介　なんだってえ？

隠し玉　（障子からはいでてきて）えい、初めてだい。この花火玉太夫を相手におったちなさんしたのは、あんたが初めてだい。大枚はたいたお大尽を、なにがなんでもたたしゃしないのが安対屋の裏遊び。だってわっちはお化け花火だものだからして。でも、万に一つ、こいな体にもよおすお客がいたらと、夢見る夜もあるわいな。夢見て悪いか、このチョモランマ。その夢をウツシミに変えておったてなしんした上に、オギャアと産まれてからこっち、あがったことのないわっちのなかの花火までドドンと打ち上げられちゃった。もう！　けだもの！　でも、嬉しい。遊女が嬉しがっちゃ、恥だ。失格だ。なんでお花代《はなだい》はいりんせん。わっちの夢ぇ叶《かな》えてもらったんだ。その五〇〇両、あんたの夢にお使いなしんし。

消える隠し玉。

灰次　猪とやってたことがこんな形で役に立つとは。
実之介　それで、おめえ、芝居小屋を建ててくれって言ったのけえ。
灰次　まあ、だんなと俺は一蓮托生《いちれんたくしょう》だからして。
実之介　（額を押さえて）ちょっと待ってくれよ。俺の劇場がほんとに建つのけえ。

裏吉原で大々的な工事が始まる。

灰次　おう。材木はおらが故郷松尾村の山から安く買える。この山仕事で松尾村の連中もしばらく助かる。あと、クロンボのボブとトムはむこうじゃ大工だったらしいからここで働いてもらう。どうだ火事場の一発で一時《いちどき》に諸問題を解決したぞ。えれえだろ！

実之介、灰次を抱きしめる。

灰次　なんだよ。
実之介　ありがてえ。この口だけの男の口だけの夢が、まさか叶うなんて。（ぎゅうぎゅう抱きしめる）

黒太郎の一行が通りかかる。

お吉　黒さん、吉原の大門《おおもん》だ。ここもう、江戸？　江戸なの？
黒太郎　ああ。とうとう来るとこに来ちまったなあ。
お吉　……男と男が抱き合ってる。
黒太郎　最先端だな。江戸は今世界に追いつこうと必死なんだ。必死な時にはいろんなことが起きる。そりゃあ男と男も抱き合う。乗り遅れちゃいけない。俺も混ざってくる。
佐野　おい、早く来い。
黒太郎　あ、へい。

佐野　この間の大火で吉原が焼けてこの辺一帯は仮宿の建設中だ。出入の業者に紛れて宿を取り、そこですでに潜伏中の薩摩藩からの助太刀と落ち合う。
斉藤　おまえはあくまで謀議《ぼうぎ》指図役の関殿としてふるまえ。
黒太郎　は。
お吉　山男から侍の指図役なんてすごい出世だ。なんか、嬉しいな。
黒太郎　まあ、仮押さえだがな。
お吉　にしても遊女に売られて涙でくぐるはずだった吉原の大門を、侍の連れ合いとしてくぐろうとは、あたしも思わなかったよ。
黒太郎　お吉。
お吉　あい。
実之助　灰次。
灰次　あいよ。
黒太郎・実之介　星が落ちたら運が開けたなんて、ずいぶん皮肉な話だなあ。
斉藤　（佐野に）佐野……自決の覚悟のほどは？
佐野　二人には言ってない。所詮、奴は武士じゃない。いざとなったら怖気づく。秘密だ。おい、来い。

一行、去る。

灰次　だんな……いてえよ。
実之介　あ、ごめん。
灰次　つうか、長いよ。
実之介　……なんか、おひげが、ちくちくしたよ。

間。気まずい二人。

南北　なんだ、今の描写は。
実之介　いや、そんな深い意味ないんですけど。
黙阿弥　そういうのわかりにくくなるからやめといたほうがいいですよ。
実之介　説明できないけど書かずにいられないことってありません？
灰次　やい、誰と話してる。今度は俺の番だ。俺の夢も叶えてもらうからな。
実之介　ああ？
灰次　とぼけるな。殺すぞ。場所はできたんだ。俺に、侍の役を書け。約束だろ。殺すぞ。
実之介　あ、あ、わかってる、言うな。もう、考えてある。
灰次　残念！　とか、って、言うじゃなーい？　とか、言わせてくれるんだろ。
実之介　ああ昔そんな侍がいたな。しかし、独り舞台ってわけにはいかない。や、役者を集めなきゃ話にならん。

灰次　よおし、江戸にゃ出たがりがいっぱいいそうだ。安対屋の蔵だから……安蔵座《あんぐら》の劇団員だ！　探してくらあ。

鳴り物とともに灰次、走り去る。

実之介　展開が、はええやつだなあ。ついていくのが必死だよ。さあ。さあ。芝居を書かなきゃ。……芝居を。（考え込んでしまう）あれ。

風。間。

ボブとトム、穴を掘っている。

実之介　よお、ボブ、トム。穴を掘ってるのか……。掘れ掘れ。もっと深く掘ってくれ。この穴は俺の夢だ。家も国も捨てた俺の夢がそんなに浅いわけがない。なあ、なんか見えるか。見えたら教えてくれよ。しかし、江戸ってところは俺と相性がいい。国じゃ基地外扱いされた俺が、こうして何とか生きてる。だから、この町で、俺は書きてえんだ。書きたくてしょうがないんだけどよ、つっと、筆が止まる。ヒヒヒヒ、おもしれえこと思いついてもよ、世の中のほうが先におもしろくなっちまうんだ。おめぇらとかおもしろ過ぎるもん。

ボブ　ポリスアカデミー（とかなんとか）。

実之介　でもよ、空っぽのはずはねえじゃねえか。掘れ。深く掘れ。なんかあるだろう！　おーーーーい！

旅の大道芸人の一行が通りすがる。

♪やりたい気持ちはままあれど
やるべきことなどあるものか
人はただ寝ていればいいものを
望んで火にいる生き地獄

実之介　おい！　やな歌、歌うなよ！
座長　あー、ちょと、お侍さん。
実之介　侍分は御破算にした。ええと、安蔵座の座付き作家先生だ。
座長　ああ、そう、先生。私ら旅の芸人だ。ちょっくらそこの空間に休んでいいかいね。
実之介　空間はただだい。ご自由に。
座長　（座員に）よし、飯にしよう。
実之介　（煙管《きせる》の火をもらいながら）景気はどうだい芸人さん。
座長　握り飯くらいは食える。しかし、おかずにゃ手が届かない。
実之介　おかずまではやっぱあ難しいかあ。

座長　家族世間に背を向けて、歌って踊って日が暮れて、この上おかずに手がとどきゃあ、こんなうれし恥ずかしい稼業《かぎょう》もないが……遠いなあ、おかず。

歌　言ったハナから間髪おかず……

刺身の大皿と、天ぷらを抱えた隠し玉。玉助どもをぞろぞろ従え、現われる。

実之介　出たな吉原の妖怪！

隠し玉　なんだよ、せっかく河豚《ふぐ》の活きのいいところを差し入れしてやろうと持ってきてやったのにさあ。

玉助　残りは天ぷらにしやした。

実之介　え？　河豚？　まじかよ。

隠し玉　こなたさんは？

実之介　こなたさんたあ、どなたさんで。

隠し玉　察しの悪いドンドンクジラだね。

実之介　灰次ならいねえよ、野暮用で。

隠し玉　サノバビッチ！

実之介　え？　え？

隠し玉　そこのクロンボさんにおさあったんだいね。いないんなら用はありんせん。けえるよ、玉助。

アスホール！

実之介 わあ、河豚は置いてけえ。せっかくだから。

隠し玉 オウ・シット……灰次さんの分、とっといてあげてくんなさいよ。

実之介 （一枚つまんで）わあってるよ。

隠し玉 わっちが心込めてさばいたんだから。

実之介 （手を止めて）え？　あーたが？　あーた、さばけるんで？

隠し玉 ふはははは。

実之介 うーわ、笑ってる。

隠し玉ら、去る。

玉助 太鼓持《たいこも》ちの分際でまじめなこと言うのもあれだけど、食べないほうがいいと思う。（去る）

間。

実之介 （一座に）おかずだよ。

一座の連中、「やあ、ありがてえ。うまいうまい」などと言いながら食べまくる。

実之介　……あたしゃ、しらねえ。うどんでも食ってこよう。

ピューと風が吹き、実之介とすれ違いに仇討ち隊の面々、入ってくる。
さらにボロボロになった実之介の似顔絵を持っている。

歌　仇討ち隊の旅路も三月《みつき》となりて……

安藤　いよいよ金がつきましたね。腹が減ってなりません。
兵庫　そのへんの草が食えればいいんですがね。
安藤　田辺さん、なんでそんなに太ってられるんですか？
田辺　全部うんこだよ。生まれつき肛門《こうもん》がないから。
安藤　ごめんなさい。
兵庫　もはや、最後の刀を売るべきですかね。
豊田　瀬谷どの。
瀬谷　い、いやだ、わしは売らんぞ。
兵庫　みんな自分の刀を売って宿代を払ってきたんですよ。瀬谷様だけ売らないのはズルです。
瀬谷　な、何を言うか。この最後の刀を売ったらどうやって仇を討てと言うのだ。
田辺　落とし穴はどうです。みんなで竹槍で追い落として、よく焼いた石を詰めてバナナの葉っぱをかけて塩をふって蒸し焼きにですね。

豊田　え？　食べるの？

田辺　いや、食べないけど、ぷりぷりすると思いますよ。

瀬谷　ぷりぷりさせてどうする。そんな土人の狩りみたいな仇討ちはやだ。

田辺　（芸人たちを見て）んぎゃあああ！

豊田　なんだ、脅かすなよ！

田辺　刺身だ！　刺身食ってる！　天ぷらも！

豊田　あ。よ、よせ、（ごくり）みっともない。

座長　ほちい？

豊田　ほ、ほ、ほちくない！

座員たち　うめえええ！

安藤　わけて、いただきましょうよ。豊田殿。

豊田　ば、ばかやろう。芸人にほどこしをうけるくらいなら、拙者《せっしゃ》は、と、土地を食う。（土地を食って）わあ、江戸の土地、うめえ！　江戸の地面最高！　なんだこれ（食べて）うんこだ！

座長　おもしれえなあ。人が飢えてるのはほんとにおもしれえや。そこに一振りあるじゃない。刀と交換してあげますよ。

豊田　なに？

座長　ほどこしはいやなんでしょ。だったらそこのお侍が持ってる刀と河豚を交換して差し上げますよって言ってるんだ。

座員1　こらあ、高い河豚だ。そんくらいの価値はあるんでないの。

安藤　うぎぎ。

兵庫　ぐぎぎぎぎ！

豊田　てめえら、バカにしやがってこんちくしょう。瀬谷殿！　刀を貸してください！　こ、こいつら手打ちにしてくれる。

瀬谷　……いや、私がやるよ。（芸人たちに歩み寄る）

座長　な、なんだ、この田舎侍。人が親切に言ってるのに、やるってのか？

座員たち、殺気立つ。

瀬谷　（刀をさし出して）その刺身。わけてくれ。

田辺　え！

瀬谷　背に腹は代えられん。今は耐えるときだ。

豊田　瀬谷様。それはあんまりだ。

瀬谷　土食った奴にとやかく言われる筋合いない！　ミミズか、君は！　……武士の誇りがなんだ。竹槍も持とうじゃないか。蒸し焼きにもしようじゃないか。生きるのだ。なぜなら私らは、生き物だから！　生き物生きてもええじゃないか。

座長　よく言った！　誇りがなんだ。生きるってすばらしいよな！　惜しみない声援を送ろうぜ。

侍たち、悔し泣き。

座員たち、「えいえいおー！」。

座長　えいえい、ぎゃああああ！（死ぬ）

豊田　なんだなんだ！　おい！

次々絶叫しながら死んでいく座員たち。

兵庫　毒だ！

安藤　みんな死んだ！

田辺　ふ、河豚の毒だ！

豊田　あっぶねええええ！

安藤　か、間一髪だった。食べなくて良かった。

間。全員、瀬谷を見る。

瀬谷　……ごめん、なんて発言したらいいかわからない。

田辺、つかつかと死体に近づき、衣装をはぎ、瀬谷に着せようとする。

瀬谷　な、なんなの？

田辺　やりましょう。瀬谷さん、手品得意じゃないですか。

兵庫　このままじゃ、全員こいつらと同じ。共倒れだ。

安藤　さ、豊田殿も。わあ、似合うし。幸い、誰も見てません。

瀬谷　わ、私に、大道芸人になれというのか。

豊田、瀬谷に手品をほおる。

瀬谷、おもわずジャグリング。

親子連れが通りかかる。

子供　やあ、おもしろいや、これあげる。（飴をくれる）

母親　すみませんね、飴なんかで。（去る）

瀬谷　あ、いや。

瀬谷、とてもうまそうに飴をしゃぶる。

皆、我も我もと死体から衣服をはぎ、死体をどぶに捨て、大道芸人の格好になっていく。

豊田　死んだら風邪引かない。おはぐろどぶにザブンだ。悪く思うな、えじゃないか。（どぼん）

安藤　どうせ故郷を捨ててきてんだろ。だったら自分も捨ててええじゃないか。（どぼん）

田辺　生き物優先でええじゃないか。（どぼん）

全員、おしろいを顔に塗りたくり、鳴り物を叩きはじめる。

♪どどんどどんどん
ええじゃないか
どどんどどんどん
ええじゃないか

豊田　ああ、愉快なり愉快なり。これ、流行るかもな。

兵庫　町に出てみましょう。

安藤　寒くなってきたし。いい運動だ。

雪が降り始める。

♪ええじゃないかええじゃないか
くさいものに紙貼れ　やぶれたらまたはれ
ええじゃないかええじゃないか
死んだらべべはいでええじゃないか
仇なんか討たないでええじゃないか
借金したってええじゃないか
自己破産すりゃええじゃないか
ニンゲン御破算でええじゃないか

町中を巻き込み盛り上がる一行。
途中、薩摩浪士有村と落ち合う黒太郎らの光景。
ポンと花道に飛び出す笠をかぶった実之介。

実之介　そうだ、うどん食ってる間に思いついた。どうだい、あんたら芸人の端くれなら、あたしの安蔵座に入る気はござんせんか。
瀬谷　な、なんだ、その安蔵座ってのは。

実之介　大きな声では言えないが、お上に内緒の劇団だ。あんたらみたいなはぐれものには、居心地よかろう劇団だ。来るものは拒まず去る者は追わない。

豊田　ど、どんな芝居をやるんだあ。

実之介　うーっとね、現代社会の病巣《びょうそう》を黒い笑いで鋭くえぐったり、する、予定。

豊田　こ、これ（金）によるな。俺たちは今、町をわかしてきたところだ。そう安くないぞ。

実之介　あはは。銭かよ。話が早い。

別の場所。

有村　拙者、薩摩浪士有村雄介《ありむらゆうすけ》。指図役の関殿とはどなたはんでおわしもんでごわすか。

黒太郎　（お吉にせっつかれ）は、う、自分だ。

有村　大老《たいろう》暗殺の大事におなごはちっと足手まといではなかでごわさんか。

黒太郎　え？　た、大老？

佐野　そうでもないぞ、女が混じってたほうが、めくらましになる。江戸見物に来たおのぼりさん感が出る。な、関殿の提案だ。

有村　……お説《せつ》ごもっとも。おいどんら脱藩浪士の目つきでは、大物を暗殺する気バレバレでごわしもんで。

有村・佐野・斉藤　はっはっは。バレバレ。

黒太郎　あの、さっきなんとおっしゃいました？

斉藤　薩摩の。先に宿のほうへ。
実之介　ほれ、出てきた。銭なら、ちゃりいいん。いくらでもある。
豊田　どうする?
佐野　だから大老だ。三月三日、上巳《じょうし》の節句《せっく》は大名登城の決まり。それを桜田門で、やる。
仇討ち全員　ようし、のった!
実之介　いはあ、こりゃありがたい。やあ。小屋はできた、役者はそろった。だのに、おいらぁからっぽだあ。（傘をとる）

音楽。

豊田　か、加瀬!
田辺　し!
黒太郎　狸の正体がわかった。え、えらいこっちゃ。
お吉　く、黒さん。大丈夫?
黒太郎　井伊直弼《いいなおすけ》様だ。大老ってや。ばか、将軍様の次に偉い人だべ。
お吉　ええ!?　あわわわ。
瀬谷　おのれ。（刀の柄に手をかける）
豊田　こ、こらえてください。刀は一本しかないんです。相手は一〇人ぎりの化けもんですぞ。

田辺　あんた一人でやれますか？　私ら助けられないよ。いいの？

安藤　機《き》を待つのです！

瀬谷　ぎぎぎぎぎ。

兵庫　瀬谷様！

黒太郎・お吉　ううう。

実之介　からっぽだあ！　はは。ははは。か、かかかっ。からっぽだあ！　からっぽだあ！

実之介の狂気の高笑いのなか、暗転。

幕。

第三幕

山。暗い。何人もの男がお吉らしい女を追いかけている。お吉、逃げているがなぜか笑っている。

歌　頃はちょいとだけまたさかのぼり、憐《あわ》れなお吉の秘め事は……

お吉　お願い、お願いしますよ。そんなせかないで。

声1　おい、手間だぜ。逃げるんじゃねえ、お願いしますのお吉！

お吉　いいじゃない。三人も相手すんだ。体がきしむ分、ちょっとは自尊心をくすぐりたいよ。

声2　（木の幹に押さえつけて）聞け！　おめえは松尾村が育てた流れ者の捨て子だ！　おまえは、いいか、
　おまえのものじゃねえ。俺ら松尾村の男衆全員のものだべ。

お吉　はい、それでお願いします！

声3　なにを。

お吉　灰次と黒さんには黙っててください。

声2　今さら見栄《みえ》はるない。

お吉　あいつらは侍になりたいんだ。夢のある人には、恥ずかしくてこんなあたしを見せられない。

声2　心得た。（お吉を抱いて）頼むぜ、得意の術を使え。俺らの種はどっかに飛ばせ。しくじりゃ、おめえが一人増えるだけだ。不幸だろ。

お吉　……わかってますよ。あたしなんかあたし限りで充分だ。今度は星に願うよ。

声1　なにをだ？　早くしろ。

お吉　……心がな、心が甲乙逆転できればな。……自分の心ばかりは、どうにもならないから、だから星くらい遠い奴にしか願えないじゃないか。

実之介、出てくる。

実之介　お願いだ。俺の才能！　出てこねえ。なにも出てこねえ。どうしちゃったんだ俺は。三月三日の上巳の節句までには台本を上げるってみんなに約束したのに、もう、二月の二十九日だ。嘘ばかりついてきてなぜここぞと言うときに、でかい嘘が出ない。思いつけ！　ありえない話を思いつけ！　ガセ之介！

いつの間にかいる黙阿弥と南北。

黙阿弥　ありえない話じゃ駄目だ。客がしらけちまう。

南北　そう。ありえなそうでギリギリありそうな話じゃなきゃ。いやいや、今日び、ありえそうでもまだたりないな。も、ある話だ。
実之介　ある話。
黙阿弥　あった話、じゃ遅すぎる。この政《まつりごと》のぶっ壊れそうな世の中、起きた話を後から追いかけてたんじゃ、遅い遅い。いいかい、客席をあなどっちゃいけません。
南北　（客席に降りて）こっちが舞台で、ここに客がいるとするだろ。もね、意外とこっちより大変なことが起きてるよ。
黙阿弥　こっちに照明ほしいくらいだよ。
南北　この辺一帯、見ろ、みんな中国人だ。
黙阿弥　S席、爆買いされてるんだ。そういう時代だぞ。
実之介　むーずかしいなああ。
黙阿弥　あたくしならここで灰次を登場させます。
灰次　（いきなりいて）台本まだあ？
実之介　きゃああ！
灰次　女みてえだな。なにが難しい。
実之介　い、いや、考えちゃいるんだが、考えたはしから浮き世世間のおもしろさに追い越されちまうんだ。
灰次　こっちは生まれてこのかた悩んだことがねえからなあ。そうかそうか追いつかねえって話か。
黙阿弥　と灰次が話し作りに絡んできたほうが偶然性が産まれる。ことが混乱しておもしろくなる。
南北　黙阿弥がそうくるなら、あたしは、そろそろお吉との再会を持ってきたいとこだいね。

三味線を弾きながら「哀れだよ哀れだよ」と歌いながらお吉、出てくる。

実之介　え？　なんか唐突じゃありませんか？

黙阿弥　はしょるとこはしょって、色恋の話でメリハリつけなきゃ。ほれ、出てきたよ。どうする。台詞だ台詞。

実之介　えええ、えーと。どうぞ。

灰次　あれ！　お吉だ！　ようし、生皮を剝《は》いで生き肝を抜いてやろう。（隠れる）

南北　……こら！　なんで生皮剝ぐの。

灰次　尻子《しりこ》玉《だま》をいただこう……。

黙阿弥　河童《かっぱ》なの？　あの人、河童なの？

灰次　けけっ。おいらから見れば人間のほうが、よっぽど恐ろしい化けものに見えらあ。

南北　どういう話？　もういい。出てってくれる!?

実之介　や、どもね、色恋の話は苦手なんですよ。

黙阿弥　ほれ、臆病口《おくびょうぐち》にけえりなよ。俺たちが作ったほうがおもしろいや。（追いやる）

実之介　ちょっと、これ、あたくしの作った筋なんですよ！

南北　どうも、おかしいと思った。あんたの筋は、呪われてる。

実之介　ええ!?

ムツ　実之介!!

歌　母の思いは、呪いとなりて、筋に絡みつきとりすがる

衝撃音とともにムツが出て来て、実之介を「世継ぎを」とせまる悪霊たちと連れ去る。

黙阿弥　その筋、キレイに洗ってきな。

黙阿弥と南北、隅のほうに。

お吉　（人を集めておいて）哀れな女にちょいとお暇を！　さて、お立ち会い。松ヶ枝松尾村より流れ流され流れつきし甲乙逆転の術使いのお吉でござい。ここに用いましたる、この、なんだかすごいものとそうでもないもの！　甲のものを乙に、乙なるものを甲に、瞬《まばた》き一度の気合にして移しますれば、皆々様の財布の紐がゆるゆるになりますよう、星に願いたてまつりまする！　はい、三、二、一。

超常現象を表現する人々、現われる。

が、灰次、現われる。

灰次　お吉！

お吉　……灰次！　な、なんてとこに現われるの。
灰次　なにやってんの、おまえ。
お吉　この人たちの立場どうすんのよ。

超常現象の人々、立ちつくす。

お吉　……でも、生きてた！　生きてたあ！　(灰次に抱きつく)　……あ、ごめん、人前で。
灰次　(突然ブリーフ一枚になって出刃包丁を振り回す)　人前は駄目なんだってよ！　俺はかまわないけど、この女が人前は駄目だってよ！

人々、去る。

お吉　あいかわらずね。足が臭い。……その下着は何？
灰次　パンツだ！　クロンボにもらった。
お吉　元気ねえ！
灰次　おめえも元気そうだな。……兄貴は？　一緒か？
お吉　……まあ、一緒だよ、普通に。
灰次　……やっちゃった？　も、やっちゃった？

お吉　いきなりだなあ。黒さんね、実は侍に。
灰次　侍になったか！　あいたあ。先越されたあ。
お吉　ま、でも、まだ、なりかけ。いやいやいや！　なったらだめ、あの人。
灰次　どういうことだ、このあま。
お吉　死ななきゃいけないの！　……あ、隠れて、灰次！

灰次、隠れる。斉藤、現われる。

斉藤　お吉、軍資金はたまったか。
お吉　……今日は、このくらい。すいませんっす。
斉藤　しけてやんなあ！　これじゃ、最後の会合も、またいつものボロ寺だ。
お吉　だったらてめえで稼ぎやがれ。
斉藤　なに？
お吉　や、なんでもないです。（去ろうとするので）斉藤様……やっぱり死ぬんですか。
斉藤　あ？
お吉　あたしあの、聞きたいわけじゃなかったけど、さっきそこの粋な黒塀で斉藤様と佐野様が立ち小便をしながら話してるのを、小耳に挟んじゃったんです。
斉藤　……貴様。

お吉　見はしません。聞こえました。みなさん、あのお、あ、暗殺。
斉藤　暗殺って言うな！
お吉　ぶ、無事本懐《ほんかい》をとげられたさいは、せ。せ、切腹されるんですか？
斉藤　……。
お吉　そんなふうな話が、ジョボジョボという音のまにまに聞こえたのです。
斉藤　自決《じけつ》は武士の矜持だ。黒太郎には言ったか？
お吉　い、いいえ、まだ。
斉藤　言えばおまえも黒太郎も殺す。とにかく俺がこれから黒太郎に説明するから、今夜の幹部連の会合で暗殺の最終的な段取りを、奴に浪士たちの前で関殿として喋《しゃべ》ってもらう。いいな。もう、小便覗《のぞ》くな、バカ！　誰が包茎《ほうけい》だ！

斉藤、去る。灰次、出てくる。

お吉　ど、どうしよう。
灰次　よくわからんが、おもしろくなりそうだな。お吉。ほれ、金をやる。その大老暗殺の会合とやら、吉原の安対屋っていう女郎屋の引手《ひきて》茶屋《ぢゃや》でやりな。
お吉　え？　あたしは？
灰次　安対屋に隠し玉って主人がいる。その婆がよくしてくれる。

お吉　体売るのは、もう、やだよ。
灰次　もう？
お吉　あ……いやその。
灰次　……知ってたよ。俺、よく茂みにいるから。
お吉　え？　は、灰次。
灰次　いいじぇねえか。自分の身体だ。それを使って村の男に恩返ししなきゃいけねえとおまえは思ってたんだろ？　自由だ。でも、売らねえと決めたのも、おめえの自由さ。とにかく、ま、普通にしてろ。
お吉　（引き留める）普通ってなにさ？
灰次　お吉っぽくしてろ。おまえの持てるお吉らしさをあますことなく醸《かも》し出してろ。

灰次、走り去る。

お吉　そんなの無理だよ！　あんたがいうお吉って、どんなお吉さ？　そんなの生まれてこのかた自分で決めさせてもらったことないもん！　急に解き放つな！　急な自由は、寂しいよ！　男はみんな勝手だ。勝手な奴ばっかだ。……ああ、嫌だ。もう、嫌だ。

お吉、去る。
別の場所。血みどろの斉藤が這い出てくる。後から刀を持った灰次。

灰次　……へえ、大老をね。そういうことかい。そいつあ豪勢だ！

斉藤　全部しゃべった。だから、見逃せ。大義が、大義がある！

黒太郎　（別の場所に出て来て）斎藤殿！　時間がありません！　大義の、作戦の指図を！　斎藤殿！

灰次、斉藤を斬り捨てる。

音楽。

灰次　なにが大義だ？　女、働かせてきどってんじゃねえ！　ボブもトムも奴隷から自力で逃げ出した。侍はどうだ？　大義だ忠義だと誰かから借りて来た言葉で自分を飾りたて、死ぬことに酔ってる奴隷以上の奴隷ばかりじゃねえか。ふん！　退屈だ！　俺は退屈しに江戸に来たわけじゃねえや。冗談じゃねえ。俺は俺で独特な侍になってやらぁ。（去る）

歌　嘘とまことが隣り合わせの　ここは吉原安対屋　男の夢の吹き溜まり

吉原安対屋引手茶屋。瀬谷、豊田、田辺、安藤、兵庫。

安藤　しかし、茶屋で芝居の打ち合わせとは豪勢だ。ご用金を奪ったとはいえ、芝居小屋も建て、よく金が尽きないもんですね。

兵庫　ほんとに不思議です、まさに金がどこからか湧《わ》いて出てくてるような。
田辺　（食べる食べる）うまい飯だ。飲めるように食える。
飯盛り女　いい食べっぷりだあ！　ねえ、江戸時代とは思えない太りかただよ！　よっ。長生きしないぞ！
豊田　……とにかく、やつが芝居をやりたがってる間は、安全だし、食うに困らない。我々は今までみたく芝居をやりたいふりを続けましょう。
瀬谷　ふり？
安藤　だが油断は禁物です。なにしろ相手は化けものだ。加瀬は我々の正体に気づいていて気持ちを弄《もてあそ》んでいるのやもしれません。二重三重の裏読みをしておかないと。
瀬谷　そ、そうだな。
安藤　やつに隙ができたら、ぜひ、この安藤に一太刀。できれば二太刀。私はこの中で唯一実の兄弟を殺された身。先輩方、お願いします。
瀬谷　……ふりだったのか。
安藤　え？
南北　ほらどうだい。ここまでお膳立てしたんだ、しくじるな。ガセ之介。

実之介、ばつ悪く入ってくる。

瀬谷　（気を取り直して）さあ、筋を聞かせてくれ。
豊田　先生。私ら役者は筋が大好きな生き物だ。
五人　さあ筋を。
実之介　あ。えへへ、揃《そろ》っちゃって、かわいい。
五人　もはや、揃ってもいい！
実之介　……。（頭を抱える）

そっと覗いていた灰次。

五人　今、何待ちぃ？

隣りの部屋。集まった浪士たちと、がちがちの黒太郎。

浪士たち　何待ちぃ？
飯盛り女　何待ちぃ？
黒太郎　出ていけ、飯盛り女。いや、だってあの、まだ、斉藤殿がね、もー、なに待ちぃ？
有村　関殿。おはんが指図役でごわす、斉藤殿がいなくちも話しゃあできもんど。
黒太郎　まだ、打ち合わせが。（頭をかく）

有村　その打ち合わせを今しにきているんでごわす。さ、関殿。
実之介　えと、えーと、とにかく、あの、どえらい、も、日本列島そのものが、あきれけえるくれえの話だ。
五人　おもしろい。で、具体的には。

顔に包帯を巻いて変装した灰次、浪士組の部屋に入ってくる。

灰次　いやあ、遅れた！　すんまそん。斉藤でやす。斉藤でーーやす。
佐野　……顔、どうした。
灰次　（自棄で）乾燥肌！　触る？　ほぼ、かさぶたよ！　俺、今、ほぼ、かさぶたよ！
佐野　……いや。でもなんかいきなりじゃないか？
灰次　（薩摩浪士がタバコを吸うのを）貸《か》せ！　貸せ！　（吸って）効《き》け！　（お肌に）効け！
実之介　……加瀬？　聞け？　（浪士組の部屋のついたてを背にしているので、そば耳を立てる）
灰次　効いてきたか？
黒太郎　タバコはお肌には逆効果ですよ。
灰次　貸せ！　効け！
黒太郎　だから効かないって。
灰次　今から芝居にしたいほどのすげえたくらみごとをこの部屋で話す。

瀬谷　なにしてるの？
灰次　舞台は桜田門だ！
浪士1　しっ。そんな大声出さんでもわかってる。そのために集まってるんだからして。
実之介　（自棄《やけ》だ）ぶ、ぶ、舞台は桜田門だ。
五人　桜田門（メモを取りはじめる）……で？
実之介　……で？
灰次　大将。説明して。
黒太郎　さ、三月三日の上巳の節句。桜田門にて我々水戸浪士および薩摩浪士の混成部隊により……。
実之介　さ、桜田門で、水戸の浪士と薩摩の浪士の混成部隊が。
五人　うん。
黒太郎　登城途中の譜代筆頭三十五万石井伊掃部頭直弼《いいかもんのかみなおすけ》の行列を襲う。
実之介　登城の途中、譜代《ふだい》筆頭……えー!!
豊田　いや、えーって。
実之介　あ、い、いや、い、いいなお、言いなおすてもよかですか？
五人　は？
実之介　いや、井伊直弼を襲うという話だ。
五人　えー！
実之介　ほんとかよ？

五人　どっち。
実之介　（隠れていた黙阿弥と南北に）どうです、この話？
南北・黙阿弥　悪かない。
浪人たち・五人・南北・黙阿弥　で、手順は？
黒太郎　さあ。
有村　なに？
黒太郎　さ、さあっと、集まるよ、浪士たち、坂の上に、男らしく。
佐野　文法が滅茶苦茶だ、くろた。
浪士2　くろた？
黒太郎　ごほんごほん。
佐野　関……殿。関殿が、のどの咳をしておるなあ。
浪士たち　……で！
灰次　貸せ！（部屋をたたき）家！　家！
黒太郎　ああ。いい家ですね。ちょっと拝見、へえ、吹き抜けですか。
灰次　（叩く）戦術は？　ほれほれ。（黒太郎をバンバン叩く）
黒太郎　痛いな、バンバン。戦術？
実之介　バンバン……て、鉄砲だ！
黒太郎　鉄砲？　ん、ま、ま、まず鉄砲だ。

浪士たち　うん。

黒太郎　長いのは目立つ。短銃を使おう。（取り出す）これだ！

南北　歌舞伎に短銃とは、なかなか斬新じゃない。

実之介　え、えへへ。バテレンじゃ、暗殺や決闘はもう鉄砲の時代だ。まず、一番手が大老の駕籠に銃弾をぶち込む。

黒太郎　い、一番手が、ええ、大老の駕籠に鉄砲をぶち込む。

浪士3　いきなりですか？

実之介　当たりゃもうけもの。

黒太郎　当たらなくても砲声一発、士気が上がる。それを合図に二番手、一斉に行列に向かって斬り込む。

実之介　鬨《とき》の声を上げろ。目立ったほうの勝ちだ！　鳴物を鳴らそう。ボブ！　太鼓だ！　おめえの親がアメ公に拉致《らち》られるめえの本当の国の太鼓を鳴らせ！　寒《かん》の戻りが来ている。雪が降りそうだったら待つといい。刀に柄袋《つかぶくろ》や鞘袋《さやぶくろ》が被っているから護衛のものの手が遅れる。ひっひっひっひ。雨合羽《あまがっぱ》を羽織っていればなおさら動きが鈍くなる。先発隊は膝下《ひざした》をねらえ。ザックザック斬って動けなくしろ！　ひっひっひ！　トム！　そしたら食え！

トム　ノーウ！

黒太郎　護衛の動きを止めたら三番手の首切り隊が駕籠に突進する。

南北　三番手の一人目は斬られる！

実之介　……え？

黙阿弥　味方も斬られなきゃ綺麗すぎる。話に山ができない。
実之介　派手なのは御法度じゃ。
南北　現実に負けてもいいのか！
実之介　なるほど一人目は、斬られていただきます。
黒太郎　一人目は斬られていただきます。
有村　どげんこつか。
黒太郎　どげんこつだろう。
有村　なに⁉
黒太郎　えーと、だから、なんでいちいち殺気立つかな！　（ついに切れる）
佐野　逆切れかよ！
黒太郎　うるせえ！　わかんねえのか侍のくせに。殿様の駕籠脇に控えてるのはお供目付のなかでも二本の足でたった日から基地外みたいにヤットウやってる奴だ。おめえらみたいな机上の理想をわいのわいのと振り回す頭でっかちじゃない！　隙を作るには一人斬らせることだ。そこを三人がかりで狙う。一番肝心なのは大ダヌキの首を取ることじゃないの？　だったら捨て身でいけ！
浪士たち　なるほど。
灰次　いいぞ！
黙阿弥　だが、ただ首をとったんじゃおもしろくない。
南北　首を、見失っちまえ。

実之介　ええ？
黙阿弥　話が殺伐としてきた。ここらで笑いの要素がほしい。
実之介　と……と。
黒太郎　え？　と？　（ついたてに耳を）
実之介　とった首を。
黒太郎　とった首を。
実之介　……なくしちゃう。
黒太郎　なくしちゃう。
浪士たち　なんで！
黒太郎　という可能性を、視野に入れませんか？
灰次　ぶっとんでるなあ！
佐野　くろた。
黒太郎　ごほん。
佐野　関殿、それから斉藤ちょっと。あの、諸君、ちと、席を外させていただきたい。

佐野、黒太郎と灰次を外に連れ出す。

実之介　とった首をすんなり持ちかえるなんて、芸がねえ。寒さでこごえてんだ。取り落とせ。んで、ごろんと転がった奴を拾おうとしてうっかり自分でけっ飛ばしちまう。敵と味方で首とり合戦だ。
ひっひっひっひ！

田辺　やっぱりこの人、怖いかも……。

ふと静かになり、別の場所。佐野、黒太郎、灰次。

佐野　おい、もう我慢の限界だ。斉藤、どうなってる。決めた段取りと違うじゃないか。
灰次　やむをえない。このなかに部外者が紛れ込んでる。
佐野　な、なに？　誰だ？
灰次　俺だ！　(包帯をとって佐野を斬る) よいしょぉ！
佐野　あいたああああ！
黒太郎　灰次！
灰次　久しぶりだあ、兄ちゃんだぁ！　おっほほーい！
黒太郎　おっほほいじゃねえよ。(猛ビンタ) どうすんだよ。俺を侍に取り立ててくれた人だぞ。
灰次　でも、こいつらだめだぞ。大老をやったら集団自殺するつもりだ。
黒太郎　え？　な、なんで死ぬの？　希望が叶うわけでしょ。それ、嬉しいことでしょ。
灰次　武士の矜持だって。
黒太郎　……武士の矜持。

灰次　笑わせるぜ。

佐野、這々《ほうほう》の体《てい》でバリバリと障子を破きながら仲間のところに。

灰次　しまった！　あの野郎。
佐野　み、皆の衆、間諜《かんちょう》だ。情報が漏れた。幕府の犬が混じってる。ひいい！　計画は中止とする！　お逃げなされい！　お逃げなされい！

浪士たち、やいのやいのと逃げていく。

黒太郎　……ああ、もう、今度こそおしめえだ。

隠し玉と玉助、実之介、出てくる。

実之介　どうした？　（黒太郎を見て）あー！
黒太郎　あー！
実之介・黒太郎　あんたか、さっきの声は！
隠し玉　今度はまたなんの騒ぎだえ。

灰次　しくじった。大老暗殺組が解散しちまった。

黒太郎　（頭を抱える）どうすべえ。

実之介　こうなりゃ、しょうがねえ。もう役者の皆さんには火がついちまってる。俺たちで大老をやろう。

黒太郎　え？　ごめん、なんのために。

実之介　野外劇だ！

ドーンドーンと太鼓の音。
安蔵座の旗揚げ興業『偽大老流転偽生首』の大垂れ幕が落ちる。
その中からビクビクとお吉登場。

お吉　（ひそひそ声で）ええ、ぐふん、本日は吉原よりはるばるお寒いなか安蔵座旗揚げ公演にようこそおいでくださいました。長い道中ご苦労様、目隠しをお外しください。（ざわつく客）しっ。ここは天下の桜田門、ここを借景にいただく演目は『偽大老流転偽生首《にせたいろうるてんのにせなまくび》』でございます。みなさんは吉原の上客、遊びのわかった特別招待客です。なにぶん公儀に隠れた闇興業でございます。お願いしますよ。お静かに、大名行列見物の客にそろりそろりと紛れ込んでくださいまし。あくまで偽の井伊大老を偽の浪士が討つ虚実半ばの茶番劇。口外なさいますな。口外なさいますな。

桜田門が見える。
花道に仇討ち隊の五人と灰次と黒太郎と玉助。
やや遅れて緊張した面もちの実之介。

田辺　いやあ、初舞台が野外劇なんて緊張するなあ。
豊田　おい、相手はほんとにこっちの稽古通り動いてくれるんだろうな。手が合わず怪我でもしたらかなわんでな。
実之介　大丈夫だ。地元の素人劇団の人だから吉原に来る時間がなかったが、私が打ち合わせをしておいた。ただ、
瀬谷　ただ、なんだ。
実之介　非常に感性の鋭い人たちなんで、ノリで即興を入れてくるやもしれない。
五人　聞いてないよお。
玉助　ていうか、なんで拙《せっ》まで担ぎ出されなきゃならんのでげすか。
灰次　人手不足だ。その代わり、いい役をあげたろ、おめえは訴状役だ。
実之介　大丈夫大丈夫。（ふるえている）
安藤　あなたが震えているのが一番心配なのです。
兵庫　にしても稽古の時とだいぶ刀の重さが違うのが気になりますが。
灰次　おめえら素人だから、軽いんじゃ現実味が出せねえだろ。本番は重くこしらえたんだ。

黒太郎　みなの衆、雪だ！

客席に雪が降っている。

実之介　いいね。芝居の神様が降りてきたぞ。

井伊直弼の行列の駕籠が登場する。

黒太郎　伏せろ。

全員、息が荒くなる。

田辺　き、き、来た。
黒太郎　いいぞ、刀に袋がかかってる。
実之介　一番手、二番手、三番手、配置について。五秒数えろ。
黒太郎　灰次。
灰次　おうよ。
黒太郎　侍になろうぜ。

実之介　（小さく）一かけ二かけ三かけて、四かけて五かけて。気をつけて！（黒太郎の背を叩く）

黒太郎が走り出し、「お願い申し上げる」と叫んで駕籠にズドンと一発短銃を見舞って帰ってくる。

灰次　突撃ーー！

音楽。

舞台に駆け上がっていく灰次たち。

灰次　二番手、足だ！

安藤、兵庫、田辺が柄に手をかけ、もたもたしている護衛たちの足をポンポン斬っていく。

兵庫　うえ！　ほんとに斬れた！

安藤　やっぱりこれ本身《ほんみ》だ！

田辺　ひええ！　人殺しぃ！　俺！

実之介　（笑っている）作りもんだ！　気にするな！　役者ならどーんといけ！

灰次　三番手！　訴状！

玉助　（訴状を持って駕籠に向かって走り出す）さ、ささげまする！　ささげまする！

玉助、護衛に斬られる。

玉助　ぎゃああ！　ほ、ほんとに斬りやがった！　ばっかじゃねえの！　太鼓持ちだぞ！　それも太鼓すら持ってない太鼓持ちを、抜き身で斬りやがった！　今度生まれ変わったら外人になりたい！

（しがみつく）

灰次　ほれ、いい即興が飛びだしたぞ！

瀬谷　というか、こいつら即興しかやらん！

護衛　は、離せ！

灰次、護衛を斬り倒す。

実之介　駕籠だ！

瀬谷と豊田、駕籠に刀をぶっさす。
駕籠の中から大老を引きずり出し、首をちょんぎる灰次。

灰次　とった！　とった！　首とったりぃ！

わく観衆。
後ろからドンと体当たりする護衛。

灰次　わったった。（取り落とす）

ドッと笑う客の声。

瀬谷　……豊田。
豊田　はい。
瀬谷　……うけている。
実之介　いいぞ！　筋書き通りだ！　うけてる！　ひゃひゃひゃ！　殿様の首が飛んで、みんながうけてる！　こりゃいいや、ざまあみろい！
豊田　おい座長、どこ行くんだ！

♪（替え歌）フライ　首　飛ぶ
城のど真ん前で

フライ　首　飛ぶ
お江戸の真ん中で
日本の笑いもの
それでいい　アイ・ラブ・ユー

実之介　（ずかずかと刀を抜き、戦いのなかに入っていって）おいおい！　自分でやっといてあれだけど、みんな大丈夫かい？　人（斬る。ドット笑い声）死んでんだぜ！　みんなよう、下品だね！　（首を拾って）ひゃひゃひゃ。嘘とまことのアイの子の、これがほしいたあ、私と同じ、基地外だったんだね！ ひゃひゃひゃひゃ！

灰次　おい、おっさん、帰るぞ！

実之介　（斬りかかる）おっさんて言うな！　これからいいところだ！

黒太郎　城内から井伊家のものがバラバラやってきた。逃げよう。撤収だ！

灰次　これにて閉幕でござい！

拍子木を打ちながら逃げる一座の人々。
途中、黒太郎、二人組の男に袋に詰められ拉致される。それを見つけるお吉。

お吉　黒さん！　（後をつける）

実之介　てな案配で、安蔵座の幻の公演は一夜にして伝説を作り、このガセ之介の名は吉原に広がりましたって話で。

黙阿弥　よかったじゃない！

実之介　え？

南北　じゃあ、あたしたちはもうあんたの話を聞く必要はない。用なしなわけだ。黙阿弥、けえるよ！　けえって口づけをしよう。

黙阿弥　あざす。

実之介　ま、待ってくださいよ！

南北　さわんなよ！

黙阿弥　さわんなよ！

南北　これ以上なにが必要だ！

間。

実之介　ほめてほしい！

南北・黙阿弥　はあ？

実之介　天下の鶴屋南北、河竹黙阿弥にほめてほしい！　日本を変えるような大芝居を打ったのに、なんの評価もいただいてないんです！

黙阿弥　すごかったね。
南北　さあ、口づけをしよう。
実之介　たりねえ！　たりねえ！
黙阿弥　お上に背を向けるわ、ほめられたいわ！　どっちかにしろ！　この、ほめられ乞食！
南北　なあ、俺たちにさわろうとしてごらん。

実之介、南北たちにさわろうとするがどうしてもさわれない。

黙阿弥　さわれないでしょ、あんたはまだあたしたちと同じ板の上にいないからよ。
実之介　同じ板？
黙阿弥　ほめてほしくば、こっちゃあきやれ。
南北　山場は確かに見せてもらった。後は最後のどんでん返しが必要だ。よく考えろ。人の幸せなんて人は見たがるものか？
実之介　どんでん返し……。
黙阿弥　それから、美しく、幕、だ。

実之介、二人にフラフラとついていく。
夜鷹《よたか》、女郎の群れが通りすがる。

ふっと実之介を見やる、目つきの悪そうな女がいた。

お福　今のは？

夜鷹1　なにものほしそうな顔してんだい。

女／実はお福　いや、もしかして、見た顔かと。

夜鷹2　ありゃあ、だめだ、男じゃないよ。

お福　ええ？

夜鷹3　お福さん、あんたほんとに目がないねえ、元は吉原の花魁だって喇叭《らっぱ》を吹くから仲間にいれてやったのに、なやかや理屈を付けて一人の客もとりゃしない。しょうがないから客引きとしておいてやってんだからさあ！　しゃんとしてくれよ。こっちゃあ掛け蕎麦《そば》と同じ値段で客とってんだ。質より量だいね。頼むよ。

お福　あーたらにはね、気位《きぐらい》がないのですか！

夜鷹4　気位より土手が高いほうが喜ばれるんだよ。ゲヒンゲヒンゲヒン。

お福　笑い方まで！　（情けない）

夜鷹4　……あちしら夜鷹だ。鵜《う》の目鷹《たか》の目で客を捜《さが》しな。

お福　（叫ぶ）なんだい偉そうにーーー！

夜鷹ら　わ！　急に……こわ。

お福　（水をかける）へこむわあ！　あたしだって客がとれればとりたいよ！　でも、ここまで守っちまった操はどうすりゃいいんだ！　加瀬実之介。見つけたら殺すじゃすまさない！　犯して殺す！

（道の水をいっぱい飲む）！

夜鷹1　（やや怯《おび》えて）お福さん、その水、あんまり飲まないほうがいいよ。いろんな人が出たり入ったりしてるからね。

お福　うわあー、うわあー。

夜鷹ら、あきれて去る。

袋詰めの黒太郎を連れてくる、二人の男、北尾《きたお》と柿崎《かきざき》。お吉もついてくる。わめく黒太郎。

北尾　静かにしろ。

お吉　ノムハムニダ！　ノムハムニダ！

柿崎　だまれ！　俺たちは北の工作員じゃない！

北尾、お吉に当て身。お吉、失神。

黒太郎　お侍様、自分はしがない山男です。目論んだのは加瀬という田舎浪人でございます。

お福　（気づく）かああせえええだああ!!!

柿崎　うるせえお化け！　水飲んでろ！　篤《とく》と拝見した。あんたぁ、いい腕だな！　俺は柿崎、こいつは北尾という。ともに武士ではない。ヤットウは習ったが商売人の小せがれだ。

黒太郎　ええ？

北尾　長州で高杉晋作《たかすぎしんさく》という侍が腕の立つ民兵を集めて軍隊を作る。俺らもそれに乗じて侍になろうというもの。

黒太郎　行くのか。長州に。

柿崎　その前に手柄を持っていきたい。今アメリカの総領事ハリスと通訳のヒュースケンが善福寺《ぜんぷくじ》に逗留中《とうりゅうちゅう》だ。

北尾　ハリスは大物だ。護衛が厳しい。ヒュースケンを斬る。

黒太郎　ええ？　あんたらがか？

柿崎　ああ、高杉先生は攘夷派最先端だからな。外国人を斬るのは今、流行の最先端なんだぜ。

北尾　俺たちゃ日本を変えるんだ。それには腕の立つ鉄砲打ちがほしい。

柿崎　もう一人強い奴がいたが彼はだめだ。首もってギャアとかやって目立ちすぎる。俺、ひいたぜ。それに俺たちだって目立ちたい。

黒太郎　なるほど。

北尾・柿崎　この意味、わかるな？

黒太郎　日本を変えるのか……。

そのとき、ゴオンと、寺の鐘。

街の娘がそわそわ出てくる。

柿崎　おい、そろそろくるぜ。
北尾　ヒュースケンだ。
黒太郎　ええ、まじ!?
柿崎　いつも暮《く》れ六《む》つ頃《ごろ》になると自転車に乗ってここをものほしげに通る。なんか鼻につく感じで。
北尾　もてたいためだ。あやつは女に飢えている。……おい、普通にしてろ。
女たち　きゃあ、ヒュースケンさん！

自転車に乗ったヒュースケンが通る。客にチョコレートを投げている。

ヒュースケン　ギブユーチョコレート。ギブユーチョッコレート。
黒太郎　うわあ、すごい媚《こ》びてる。ものほしそうだ。
お吉　（目を覚まして）あ！　びっくりした！
ヒュースケン　（お吉を見て）オウ、オジョウサン、オ腹ドウシマシタカ。お腹チュウイホウデスカ？　ヒュースケンネエ、カワイイオジョウサンガトテモ心配デスネ。困ッタラ、ヒュースケン、タズネテクダサイネ。（名刺のようなものを渡す）アナタ、ナニサン？
お吉　よ、吉原のお吉です。

ヒュースケン　ヨシワラ……アイ、ノウ、ヨシワラ……グレイト！　モウネ……トッテモネ……ヒュースケン。（と言いつつ去ってゆく）
柿崎　なんかおもしろいことを言おうとしてたが、名前がおもしろいだけだった。
北尾　こいつ、あんたの女か。
黒太郎　う、ま、いや、そんな感じかな。
お吉　……そう……なの？　黒さん。
黒太郎　感じ、としてはな。
北尾　……とにかく奴はこいつを気にいったらしいぞ。
柿崎　この女は使える。
北尾　黒さん。助けてくれ。
柿崎　この意味わかるな？
柿崎・北尾　助けてくれ！
お福　ついでに助けてくれ！
柿崎　だからあんた誰？
黒太郎　……よし！　み、みんな、まかしとけ。俺と一緒に侍になろう！（お吉に）助けてくれ。
お吉　ええええ。厳しいなあ……。
歌　ところ変われば、またまた吉原安対屋ポンと場面は変わって安対屋。

隠し玉に耳垢《みみあか》をとってもらっている灰次。

灰次　それで、おめえ、うんと言ったのけ。

お吉　（荷物をまとめている）だって毎日みんながすごいプレッシャーかけてくんだよ。断り切れないよ。

地下劇場の楽屋入り口から出てくる顔色の悪い実之介。蛾《が》のようなすごいドテラだ。

実之介　なんだ、プレッシャーって。

灰次　こいつ、ボブに英語習ってるの。

実之介　なんでまた。

灰次　毛唐の妾《めかけ》になるんだってさ。

実之介　（虚ろ）へえ。そりゃあ、出世だね。

灰次　それより、あんた大丈夫なの？　最近、地下の劇場にこもりっぱなしでさ、顔色悪いよ。

実之介　いやあ、新作をね、前より過激にしなくちゃとね、重圧感てのかなあ。ひひひ。

お吉　プレッシャーだ。

実之介　そうか、これがプレッシャーか。おもしれえ。

お吉　大丈夫ですか。ガセ之介さん。お化けみたいですよ。

隠し玉　だー、も、アンタ、ナンバーツーの妾になんだったら、もちっとみぎれいになさんしょ、ちょっと、耳、交代。（奥に）鍋丸！　わっちの鏡を持ってきておくれ。鍋丸！

隠し玉、耳掻《みみか》きを実之介に代わって、お吉の居住まいを直す。

実之介　ナンバーツーたあ、何のこと？

隠し玉　ヒュースケンですよ。ハリスの通訳の。

三味線。

実之介　……（南北になって）どうした、なにを考えてるガセ之介。

灰次　え？

実之介　（黙阿弥になって）いいこと思いつきそうって顔ですよ南北先生。

灰次　南北？　なに、ぶつぶつ言ってんの？

田辺、紅を持って現われる。

田辺　へい、ども、おくれやして。

隠し玉　（紅を）お貸しなんし。お貸しなしんし。

灰次　なに、田辺さん、太鼓持ちになったの。

田辺　いや、前の人が怪我したからって頼まれちゃったんでげすけど、どうも拙者《せっしゃ》は、いや、拙《せつ》はこっちのほうが性《しょう》に合うみたいでげして。

灰次　歌うたえよ。ギリギリの小銭持って、緊張しながら団子屋に行く歌。

田辺　さん、し、♪ギリギリの小銭を持って団子屋尋ねたよ、小銭ギリギリだったから、緊張してシェネしちゃう、へいへい！　うっかり甘茶も頼んだら、じゃっかん小銭が足りません。悔しくて人形ぶり、人形ぶりからお化けのふり、だけど僕たち太鼓持ち、ほれギーリギリの笑顔で団子屋乗り切る太鼓持ちです、お母さーん（変顔）。

灰次　順応性の高い人だね。

隠し玉　ほら、綺麗になった。世界股に掛けても恥ずかしくないよ。もう、けだもの！

お吉　……これでいいの？　ばか灰次。

灰次　なに？　なにが？

お吉　こういう展開でいいの？

灰次　いいのっておめえが決めたことだろ？

お吉　妾になるんだよ？

灰次　ぎゃあああ！

お吉　灰次……。

灰次　耳！　耳！（血が出てる）
実之介　……（なぜか怖く）おめえら、好きあってんのかい？　いいもんだねえ。
お吉　えー！　そんな話してない！
実之介　なるほど、うん！　へっへっへ！　できた！　紅毛《あかげ》歌舞伎だ！
隠し玉　紅毛歌舞伎？
実之介　これは新しいぞ！　未《いま》だかつて白い毛唐を主役にした歌舞伎をやった作家はいないはずですぜ、南北先生。
灰次　さっきから誰なんだよ、南北南北！　ああ、血だ。
実之介　お吉っちゃん。おめえはなんでヒュースケンの妾になるんだい？
お吉　メリケンの情報を集めるためだって黒さんが。
実之介　いいね。だが、黒さんのために、じゃ弱い。日本だ。日本の命運をかけて、一人の女郎が毛唐ヒュースケンの妾になる。日本がメリケンの妾になる。ところが女には好いた男がいた。毎夜、毛唐に抱かれちゃいるが思うのは昔の男、灰次のことばかり。灰次恋しい、灰次恋しい。オキチサーン、ソンナコトイワズ三味線デモヒイテクラサーイ。へえ、ツテトンシャンとひきつつも、恋しいものは恋しいわいなあああ。
お吉　なに勝手なこと言ってんですか。
実之介　十月《とつき》と十日《とおか》がたち、お吉に子供が産まれる。オウ、ワタ−シニ、コロモガデキタノデスネエーン。喜び勇んで子供を見たヒュースケンはびっくり仰天だ！　オウ、イエローー！　ニッポンジンノ子供ジャナイデスカアア！　聞イテナイデスヨオオ！　そう。唐人お吉が灰次を思うその恋しさのあまり、我知らず使ってしまった昔日《せきじつ》の秘術、甲乙逆転の術。夜ごと灰次を思って抱かれるあまり、灰次の子種とヒュースケンの子種を甲乙入れ替えて腹に収めてしまったのだ。怒り狂ったヒュースケンは手にとった短銃で一撃ちズドンとお吉を撃ち殺してしまう。無実ですう。不実ですが無実ですう。仇を！　灰次、仇を！　灰次は元ヒュースケンの奴隷だったクロンボ二人を従えて善福寺に討ち入り。ばっさばっさと斬りかかる。思い知ったか白鬼野郎、有色人種の意地を見ろ！　見事本懐《ほんかい》を果たし、子供を奪い返す。クロンボは灰次の子供を抱いて日本を脱出、アメリカに戻り、アメ公を殺しに殺してアリゾナにドカンと別荘を建てて無事復讐《ふくしゅう》を果たしました。以上を持ちまして唐人お吉とヒュースケンの物語全巻の終わりでございます。

灰次　（拍手）おもしれえ！　それやろう！

お吉　ちょっとお願いしますよ！　あたし撃たれるのやだよ！

灰次　芝居だよ。芝居だろ？　ガセ之介さん。

ガセ之介の背後にムツの亡霊。

灰次　どうしたい？

吉原、別の場所。

黒太郎と北尾と柿崎、対峙《たいじ》する瀬谷、豊田、兵庫、安藤。

黒太郎　どうだ、妾になったお吉から情報を引き出し、毛唐が一人になったところを待ち伏せして
ナマス斬りにするって手はずだ。

豊田　なるほどな、いい作戦だとは思う。

黒太郎　あんたら手伝わないか。腕は桜田門で見た。長州でもう一旗あげてみねえか。

瀬谷　うううん。

豊田　仇討ちもせぬままですしねえ。

瀬谷　武士は。

黒太郎　武士は。

瀬谷　うけないいからなあ。

豊田　そっち？

瀬谷　忘れられんのだ、あの緊張感、あの、目立ってる感じ。

北尾　……それでも武士かよ。腐ってる！

突然、ヒュースケンがいる。

ヒュースケン　ナニガクサッテル。

黒太郎たち　わあ！
兵庫　いきなり来る感じですか⁉
ヒュースケン　豆腐ハ豆ガクサルトカキマスガ、ワタシノ見解デハ、納豆ノホウガクサッテル感ガアリマスヨ。クッサイヨ。コレ、ホントウヨ！
黒太郎　なんで？

役人が一人入ってくる。

役人　やあ。突然すまぬ。おう、君たちか、女を紹介してくれるというのは。朝から晩までお吉お吉とうるさいでな、このスケベ外人が。
北尾　こ、こっちからうかがうと言ったはず……。
ヒュースケン　アメリカデハ、紳士ハレディヲドアマデムカエニイクモノデス。アポナシノホウガ、ハートヲ？　ウチヌクデショウ？
役人　一目でいい。会わせてやってくれんかな。

ボブが口笛を吹きながら歩いている。

ヒュースケン　……ボブ。

ボブ　……。（帰っていく）

ヒュースケン　アレ今ノ、ボブヨ！　奴隷ダヨ！　ナンデココニイルノ？

役人　……（平静を装って）へえ、君たち、奴隷を吉原にかくまってたのか？　なんだろう……かっこいいじゃない。

瀬谷　なんです。

役人　しばし、厠《かわや》へ、失礼する。

去ろうとする役人を瀬谷が斬る。

兵庫　瀬谷様！

瀬谷　しかたないだろ。吉原に役人が入ってきたら桜田門のことまでばれるぞ。

柿崎　予定外だが、ここで斬ろう！

ヒュースケン　エマーーージェンシイイイイ！

役人の胸から花火が上がる。
わらわらとあらゆる場所から山のように役人が現われる。
「ご用だ」「ご用だ」。

ヒュースケン　何コレ、ドウ言ウシステムニナッテイルノデスカ？　サスガニヒキマスヨ。

外の騒ぎを聞きつけ、灰次「なんだなんだ」と出て来て斬りはじめる。
それをうけ、始めはよく戦っていた武士たちだが、じょじょに押されていく。

兵庫　うじゃうじゃ出てきます！
豊田　瀬谷殿、もはやこれまでかもしれん。
瀬谷　くそ！　うけない！　うけない戦いは、くそだ！
兵庫　（斬られて）ぎゃあああああ。
安藤　だめだ、加瀬の首をとる前に自分の首がとられてしまう！
瀬谷　くそ、私は一度本当の舞台が踏んでみたかった！
豊田　逃げましょう。いい夢を見て目が覚めた。でも、また寝て夢の続きを見れるか？　ない話だ。
安藤　もう、安藤小太郎、逃げます。灰次！　加瀬を守れ！　俺はいつか必ず仇を討ちたい！（逃げる）
兵庫　兵庫慎之介。逃げます。（去る）
豊田　俺も限界だ。瀬谷殿、すまん、何の決まりかわからんが名乗る。豊田夢之進、逃げます。（去る）
瀬谷　（戦いながら）みんなああ！

灰次、登場。役人四人を斬る。

実之介、田辺とお吉、登場。

田辺　お吉っちゃん、あんたは旦那を連れて地下の安蔵座に逃げな！

お吉　はい！　（実之介と去る）

ヒュースケン、騒ぎに紛れて現われたトムに殴られ連れていかれる。

半裸の男が出てくる。

半裸　おいおい！　待て待て！　強いのはわかった。俺は客だ。関係ねえ！　見ろ、やってる最中だ！

灰次　がるるるる。

半裸　おめえ、つええが、侍じゃねえな。

灰次　がるるる。

半裸　俺も半分そんなもんだが、これから強い奴を集めて京に上ってまるごと侍になる。京には斬らにゃならん奴が山といる。おめえみたいに凶暴な奴が必要だ。

灰次　おめえ、誰だ。

半裸　土方歳三《ひじかたとしぞう》だ。後に新撰組を作る予感に満ち満ちている男だ。

灰次　なんだと。

土方　近藤《こんどう》さん、こいつ、京に連れて行こうぜ。

近藤勇　（半裸で）あ、いいと思う。

灰次　えええ？

喧騒《けんそう》がすべてを押し流していく。

川。小舟が一艘《そう》。しばられたヒュースケンとトムとボブ。

ボブ　What are you gonna do? Tom.〔どうする気だ、トム。〕

トム　(I'll) take him back to Africa.〔アフリカに連れて帰る。〕

ボブ　Africa?〔アフリカ？〕

トム　(He'll be) my slave in Africa.〔アフリカで彼を奴隷にする。〕

ボブ　This boat is too small!〔その船でアフリカは難しい。〕

トム　The point is my mind. Let's try!〔要は気持ちの問題だ。〕

ヒュースケン　ワタシハアメリカ人ジャナイヨ！

瀬谷が走ってくる。

瀬谷　おい！　俺も乗せてってくれ。適当なところで降りる。ギリギリまでがんばったが、もう無理だ。

トム　グッバイ、ボブ。

ボブ　グッバイ、トム。

黒太郎と北尾、柿崎らが走り出てくる。

黒太郎　……ヒュースケン……遅かったか。
柿崎　長州に行こう。やつはどのみち、生きては帰れん。
黒太郎　……。
北尾　女が未練か。
黒太郎　……いや。
トム　グッバイ・ジャパン！　サンキュー・ジャパニーズ！
歌　ねえ、いいかい　人生にはいい道と悪い道がある　だいたい悪い道を俺たちは歩いてる　でも
悪い道だっていい景色もあるさ　景色を楽しもう

安蔵座地下。
行灯《あんどん》を持ったお吉と実之介。カチンカチンと音が聞こえる。

お吉　……ここが劇場？　暗いなあ。これ、なんの音？

仕事をしている職人が映し出される。

実之介　俺たちの夢を紡ぐ音だよ。

お吉　（拾って）こ……小判だ！　ガ、ガセ之介さん、小判作ってたの？

実之介　ああ。昔取った杵柄《きねづか》でね。

お吉　やばいんじゃない？　これ。

実之介　こないだの公演の予算もあんたの給金も全部こっから出てんだよ。わかったかい？　あたしたちゃ夢を食ってるんだ。

お化けが横切る。狂気の臭い。よく見れば、周りはお化けだらけだ。

お吉　わ！　お、お化け！

実之介　つじつまのお化けだ。今まで殺して来たつじつまが化けてるんだ。（幽霊のムツが実之介のドテラから顔を出す）ねえ、南北先生！　黙阿弥さん！　あたしの考えた紅毛歌舞伎、どうです！　いけるでしょ！

実之介が喋っているのは柱にたてかけられた大小の刀である。
ごろんと何かが転がる。井伊直弼の首。

お吉　出てる、出てる、お化けがちょくちょく出てる。こここ、ここは、あたしは来ちゃいけない場所だった。
実之介　なんで？
お吉　（怖い）墓だ。ここは夢の墓だ。夢が、生き腐《ぐさ》れてる！　お、おっさんは、基地外だあ！
実之介　おい……おっさん、つったか……基地外はともあれ、おっさんて言うなあ！（お吉の首を絞める）
お吉　うぎぎぎぎ……助けて。
実之介　女め！　女め！

突然、実之介を殴るものがある。お福だ。

実之介　お、お、お福！
お福　とうとう見つけたぞ。（出刃を突きつけて）実之介。さあ、鬼基地外も年貢の納め時だ。夢から覚まさせてやんよ……お吉さん、とかいう人！　こいつを押さえてな！
お吉　ごほんごほん、ど、どうすんです？
お福　犯す！
お吉　き・び・し・いなあ。
実之介　無理だ！　はは、そりゃ無理だ！

取り方がドヤドヤ入ってくる。

取り方（偉） 加瀬実之介！　脱走外国人をかくまった容疑！　および贋金づくりの容疑でひったてる！

取り方たち ご用ご用！

お福 待て！　五分だけ待て！　殺すぞ！

取り方（偉） 怖いので、五分だけ、待つ。

実之介 無理だって、そんなああた。

お福 今日こそあたしの三〇年の貞操にケリをつけるんだ。そして自由になるんだ！（突然のけぞる）なんじゃこりゃああ！

取り方たち なああ？

実之介 （女声で）女になっちゃうよおおお！

取り方たち え!?

実之介の胸が乳こぼれる！

お吉 おっぱいだ！

取り方たち しかも美乳《びにゅう》だ！

実之介 お福ちゃん、後生だ許しておくれ。やい、お吉、だからおっさんって言うなって言ったじゃあないか！

取り方（偉）　なんか、こ、怖いけど、ひったてえ！

取り方、実之介を取り囲む。

実之介　待ってくれ！　お、お吉ちゃん！　あたしゃあ夢から覚めた！　そしたらどん欲だねえ、新しい夢をもう見てる！　あたしゃあ、十中八九死罪だ。だから一つだけ！　頼みを聞いておくれ。あたしは世継ぎのない加瀬家で男として育てられ、思いを患った母上は、ほんとにあたしを男だと思い込んで、お福さん、ああたと縁談まで組んだのさ。

ムツ　あれ？　あたくし、間違えた！　そうか！　いつの間にか間違えてた！　からの成仏《じょうぶつ》！（消える）

実之介　は、は。はなから合うはずのないつじつまを合わせるため、嘘を重ねて塗り固め、筋を曲げ曲げ生きてきた。そのあげく、母上の血かねえ、こんな基地外になっちまった。でもね、やっぱり女だよ。ガセだけじゃ死んでも死にきれない。実がほしいじゃないか。あたしの願い、一つだけ叶えておくれよう。

お吉　なんです。

実之介　は、はずかしくて大きな声で言えないよ。術を使うんだい。とと、こっちこう。やん、もそっと、ほれよう、こっちこう。

実之介とお吉たち、闇に消えていく。

お福　……なんだよ。……もう、悪いのが誰なのかわかんないじゃないか。（包丁の臭いかぐ）くせ。包丁くせ！　……なぜだ⁉　握りしめすぎたから！　（ふっと客席をむき）安対屋はそれでおとりつぶし。それからしばらくして日本中で斬り合いが始まったわ。あたしとお吉ちゃんは、隠し玉さんを手伝って、女だけでお弁当屋を始めた。吉原お化け弁当。三人とも言ってみりゃあ女のお化けだからね。

隠し玉　（どこかで荷台をひいている）弁当弁当、吉原名物お化け弁当だい！

お福　実之介さんが牢屋の中から名づけたの。あの人も筋金入りのお化けですから。なにしろ、あんな方法で子供を産んじゃうんだもの。あたふたするうち、明治になったけど、上野では最後の戦争がまだ続いていたわ。そこでお化け弁当は大当たりしたのよ。

お福、次第に洋装になっていく。
メモをとる記者。

歌　してまた、一幕ぼうとうの場面

官軍VS彰義隊。上野の山だ。

灰次　お吉！

黒太郎　おめえ。……生きてたんか。

お吉　この負けそうになってる侍も、勝ちそうになってる侍も、お化け弁当売ってるあたしも、同じ山の出だ。兄貴ともやった。弟ともやった！
黒太郎　え？　俺、や、やってねえよ。
灰次　俺も、記憶にねえ……。ン？　あれは……うん、狸だった。
お吉　だろうね、でも、あたしが背負ってるこの子をごらん、（いつの間にか子供を背負ってる）あんたらどっちかの子だよ。
黒太郎・灰次　ええ!?
お吉　あんたらが無責任に吉原を逃げ出した日のこと覚えてる？　あの日、あたしは実之介さんに頼まれたんだよ。黒太郎か灰次、どっちでもいいから、子供が産んでみたいって。
黒太郎　ええ？　実之介の旦那が子供って……。
お吉　まあ、それはおいといて。で、あたしにとにかく、灰次……か黒太郎の種を、術を使って腹ん中に飛ばしてくれ、とこうお願いしたわけさ。
灰次　お願いされたのか？
お吉　あたしがお願いされて、されなかったことある？　で、あたしは術を使ったんだ。どっちかなんて選べないよ。だから灰次か黒太郎、どっちかの種、ガセ之介さんの腹ん中に入れ！　って。
黒太郎　灰次だ！
灰次　なんで。
黒太郎　だって、灰次か黒太郎って言ったもの。順番が違うべ。

お吉　またそういうことを！

黒太郎、灰次につかみかかり殴り合いが始まる。

お吉　おまえら！　いい加減にしろ！　この子、結局、あたしが産んだんだよ。

黒太郎・灰次　え？

お吉　牢屋でガセ之介さん、すごい拷問にあって、それでもあんたらの名前出さなかった。それで。あの人メクラになって、体壊して！　だから、四か月の時にあたしの術で腹に移したんだ、んで、ヒイヒイ言ってあたしが代理で、産んだんだ！

黒太郎・灰次　ええええ？

お吉　さあ、顔ぐらい拝め！　幸せな気持ちになれ！　戦でお化けになるのはもうやめろ！　それより、どうすればこの子が将来幸せになるか、あんたらなりに考えろ！　これが「お願いします」のお吉の最後のお願いだ。……考えるだけでもいいんだ。

チョンと間。

実之介の声　うん。いい芝居だ。これでやっと幕が開けられる。

テロップ幕。
「最後の内戦は終わり、明治二〇年」
「天覧歌舞伎がおごそかに幕を開ける傍ら」
「安対座のこけら落としがひっそりと行われた」
安対座こけら落とし記念パーティーの横断幕。
めかしこんだ豊田と兵庫が新聞を読んでいる。

兵庫 ちぇ。天覧歌舞伎の記事は大きく出てんのにこっちはちっちぇえなあ。

安藤、入ってくる。

豊田 よお！　安藤ちゃん久しぶり！

安藤 おお、豊田殿。兵庫殿。

兵庫 しばらく安藤殿。

豊田 殿って！　（指を鳴らし）明治だぜ！

田辺、かけよる。

田辺　支配人です。
安藤　すごいや。豊田、さん、出版社の景気のほうはどうです。
豊田　おかげさまでね。あちらの女流作家三股福子《みまたふくこ》女子の本『女が男をレイプする時』がベストセラーでね。

着飾ったお福と老いぼれた隠し玉、現われる。

お福　どうも。あたくしもこの本の印税の一部をこの劇場に投資してるんですのよ。
安藤　へえ！
お福　皮肉なもんね、その劇場であの男が考えた芝居をやるなんて。
隠し玉　まったくありがたいこったよねえ。こんな老いぼれの最後の道楽につきあってくれて。
安藤　（兵庫に）来るの？　あの人は。
兵庫　……ああ、もうすぐ。もう、先が長くないってことで恩赦《おんしゃ》が決まったらしい。

老いた紳士、瀬谷とトムが荷物を持ってやってくる。

瀬谷　ハロー。エブリワン！
全員　ミスター瀬谷！
ボブ　トムー！

トム　ボブー！（抱き合う二人）

豊田　いやあ、まさか瀬谷さんがブロードウェイで活躍する役者になるとはなあ！

瀬谷　まあ、インチキな中国人の役ばっかだけどなあ、なはは。アメリカ土産《みやげ》を持ってきた。いやあ、しかし、みんなかわらんなあ！　お、あれは（目を細める）誰だ？

女、花道に現われる。

女　母を、連れてきました。

豊田　例の、ほれ、娘さんだよ。

お福　どんなに責め立てられてもあなたたちの名を出さなかったのよ。温かく迎えてあげて。

全員、拍手。

お吉に連れられ、老いさらばえた老婆・実之介、それを支えて、黒太郎、灰次（女形）、舞台役者姿で現われる。

実之介はなにか言ってるが、声が小さすぎてわからない。しかも、メクラだ。

安藤、胸から短刀を出すが、切れない。

お吉　（小声で）みなさん、おひさしぶり。

瀬谷　やあ。

お吉　しっ。……陛下がいらっしゃってると思ってるの。
瀬谷　え？
お福　陛下様が、自分の芝居を、観にきてると思ってる。天覧歌舞伎と混乱しているらしいのよ。
灰次　たぶん最初で最後の歌舞伎だ、その気でいさせてあげてくれ。
黒太郎　さ、灰次。（歌舞伎で）そろそろ幕が上がるぜ。
女　父ちゃん、母ちゃんみたいな父ちゃん、がんばって！
黒太郎・灰次　おうよ。
灰次　（裏声で）さあ、兄《あに》さん、手ぇひいておくれ。幕の向こうまで。

黒太郎と灰次、花道を去る。

お福　あいつら、バカなんだな。
お吉　ええ。

ボブ、つかつかと実之介のところへやってきて。

ボブ　やあ、明治天皇です。
実之介　し、しえええええ。（ひれ伏す）

ボブ　ガムをあげよう。
実之介　そんな近くに！　そんな近くに！
ボブ　これからあんたの芝居を観せてもらうからさ。一緒に観ようよ。ガムもあげよう。
実之介　あ、あ、ありがたき、ありがたき、ありがたき、もったいない幸せでございます！
ボブ　（おろおろ）……ガム……に興味ない。
田辺　あんなにお上にたてついたことばっかりやってたのに。
全員　評価されたいんだなあ。

チョンチョンと拍子木が入り、芝居が始まったらしい。
一喜一憂している実之介。

瀬谷　どんな芝居を観てるんだろうね。
お吉　しっ。もうしばらくだけ、ほんのちょっと、この人の夢の住人になってあげてください。……すぐ終わりますから。……そっと、そっと。ね？　……お願いしますよ。

音楽。

終

あとがき

15年前、文化村シアターコクーンで中村勘三郎さん（当時、勘九郎さん）に『ニンゲン御破産』というタイトルで書きおろした作品を、俳優の大幅変更と、私自身の今の気分にそって、そうとう書き直したうえにタイトルを「御破算」に変えたのがこの作品だ。そもそも「御破算」のほうが、意味としてスッキリすると思う。「御破産」なんて言葉はないし。当時、マスコミの表記に多少の混乱を招いたタイトルだ。では、なぜ、そうしようと思ったのか？　それがどうしても思い出せない。確か、その頃コクーンにいて、今はさいたま芸術劇場の事業部長を務めている渡辺弘さんと話し合って決めたのだと思う。今度あったらなんでそう決めたんでしたっけと聞いてみたいが、私が渡辺さんの反対を押し切ってそうした可能性も充分あるので、そうやすやすと聞けない。思えば、人の反対を押し切ってばかりやって来たような気もする。今はだいぶ心を改めていると思う。思いたい。

そういえば、「御破産」は渡辺さんのコクーン最後の仕事だった。

大変だった。勘三郎さんを起用するだけでも、かなり「あえて気を遣わない」という気を遣ったし、舞台の上にプールを作ったせいでとんでもない手間と予算がかかってしまった。真冬の公演だったので、一週間地方の温泉からタンクローリーで温泉を汲んできてお湯を入れ替えていたのだ。俳優が溺れるといけないので、常にアクアラングを背負ったスタッフをお湯の中に潜らせていた。帰りに、温泉プールに浸かって帰る俳優がいるということで問題になったりもした。舞台に傾斜がついていたため、飛び散った水で滑って転んで負傷する俳優が続出した。あれぐらい大変な思いをさせた渡辺さんに、呑気な顔で「なんで御破産にしたんですっけ?」とは、やっぱりどうしても聞けない……。

そういえば、勘三郎さんも、有象無象の大人計画の俳優とからむのにずいぶん悩んでいた。今まで自分の築き上げて来た方程式が通用しない、というのは、やはりそうとうなプレッシャーだったと思う。

それでも、本番が明ければ、ずいぶん楽しんでいるようにも思えた。

思えば、勘三郎さんとはたくさん飲んだ。飲みの席で、「松尾さん、歌舞伎を書いてよ!」なんて言うので、「ああ、ぜひぜひ」と、実は隠し持っていたアイデアを話したこともある。

公演が終わってしばらくして、宮藤が勘三郎さんに歌舞伎を書き起こすことが決まったとニュースで知った。ああ。まあまあ、ことは興行、勘三郎さんの意向だけでは決まらないものだし、そうなるか、ぐらいに思っていたが、その後、勘三郎さんと飲む機会があって、じゃっかん皮肉っぽく、「僕が書く予定はどこいっちゃったんですか?」と聞くと、「だって、松尾さん、ああたね、松尾さんのアイデア、お父さんと息子の近親相姦の話だってっから、そんなもな、いくらなんでも使えませんよ」という。

え？　父と息子の近親相姦？　私は思った。

そんな話したっけ⁉　いやいやいや。いくらなんでも私だってそんなもの書きたくない。それは、いつか見た、中国映画の筋を酒の席で話したやつではなかったか。勘三郎さん、あなた酔っぱらって勘違いしてるんです！

こうして私と勘三郎さんの歌舞伎の話は御破算になったまま、中村屋は逝ってしまわれた。

私は、ほんとは、この劇に出て来るお吉とヒュースケンの話を提案したのだ。紅毛歌舞伎は我ながら斬新だと思い……。

それを素面の席で聞いたら関心をしめしてくれただろうか？

それももう、聞けない話だ。だって死んでるんだもの……。

あれから、15年、私の周りからも、御破産に関わった人たちも何人か逝った。そういう時間だ。15年というのは。そんなにたっても、また上演できたこと。勘三郎さんなくしても上演に耐えうる脚本だったことを嬉しく思うし。それを実現させてくれたスタッフ、キャスト、そして、新刊として出版してくれた白水社、なにより、つめかけてくれたお客さんに素直に感謝したい。

二〇一八年五月

松尾スズキ

『ニンゲン御破産』

2003年2月4日（火）～2月24日（月）　於：Bunkamuraシアターコクーン

作・演出：**松尾スズキ**

キャスト

加瀬実之介：**中村勘九郎**、黒太郎：**吹越満**、
灰次：**阿部サダヲ**、お吉：**田畑智子**、
お福・婆あ・女神：**秋山菜津子**、
ヒュースケン・官軍・かごかき・関・幇間（玉助）：**村杉蝉之介**、
ボブ・彰義隊・かごかき・番頭：**荒川良々**、トム・官軍：**田村玄一**、
瀬谷修一朗・新撰組：**浅野和之**、豊田夢之進・新撰組・ぼてふり：**小松和重**、
田辺健次・官軍・火消し・足軽：**皆川猿時**、安藤小太郎・官軍・武士：**近藤公園**、
兵庫慎之介・官軍・武士：**竹厚誠**、鶴屋南北・松尾：**松尾スズキ**、
河竹黙阿弥・彰義隊・身体障害者・土方歳三：**宮藤官九郎**、
隠し玉・ムツ・婆あ：**片桐はいり**、旅芸人の座長・新撰組・水屋：**伊藤ヨタロウ**、
テツ・婆あ・北尾：**池津祥子**、ヤツ・婆あ・柿崎：**猫背椿**、
オヨツ・婆あ・百姓・夜鷹：**桃山由希絵**、イマ・婆あ・百姓・夜鷹：**萩尾麻由**、
録蔵・佐野・彰義隊・取り方：**植田裕一**、斉藤・官軍・百姓・武士・強力：**岸建太朗**、
小娘・飯盛り女・夜鷹：**平岩紙**、薩摩浪士・彰義隊・武士：**野呂彰夫**、
武士・官軍・若衆・芸人・役人：**星野源**、武士・百姓・官軍・浪士：**少路勇介**、
武士・百姓・婆あ・浪士：**山本将人**、太夫・官軍・母・夜鷹：**ドロレス・ヘンダーソン**、
太夫・官軍・夜鷹：**康本雅子**

スタッフ

美術：**池田ともゆき**、照明：**大島祐夫**、音響：**藤田赤目**、音楽：**伊藤ヨタロウ**、
殺陣：**中瀬博文**、振付：**康本雅子**、
衣裳：**戸田京子**、ヘアメイク：**大和田一美**、
演出助手：**伊藤和美・大堀光威・佐藤涼子**、舞台監督：**青木義博**、
制作：**長坂まき子（大人計画）、松井珠美（Bunkamura）**
制作：**大人計画・Bunkamura**
企画・製作：**Bunkamura**

婆あ・傘持ち・大工・町人・役人・取り方＝**前田 悟**
旅芸人の座長・官軍・武士・浪士・役人・取り方＝**齋藤桐人**
斉藤・官軍・武士・強力・役人・取り方＝**乾 直樹**
柿崎・新撰組・武士・大工・浪士＝**阿部翔平**
兵庫慎之介・官軍・武士＝**井上 尚**
北尾・官軍・武士・強力・大工＝**掛札拓郎**
官軍・武士・若衆・浪士・役人・取り方＝**笹岡征矢**
白玉太夫・婆あ＝**中村公美**
娘・婆あ・子供・夜鷹＝**石橋穂乃香**
オヨツ・役人・官軍＝**青山祥子**
ヤツ・角海老太夫・夜鷹＝**中根百合香**
「甲乙逆転の術」歌＝**香月彩里**

■演奏

幕末どさくさ社中
唄＝**半田綾子**
三味線＝**楡井李花、山内美穂、布施田千郁**
囃子＝**安倍真結、福原千鶴、梅屋貴音**
笛＝**望月美都輔、望月輝美輔**
キーボード＝**門司 肇**
サックス＝**清水直人**
バイオリン＝**磯部舞子**

■スタッフ

作・演出＝**松尾スズキ**
美術＝**池田ともゆき**
照明＝**大島祐夫**
音楽＝**伊藤ヨタロウ**
音楽・音楽監督＝**門司 肇**
音響＝**藤田赤目**
衣裳＝**戸田京子**
ヘアメイク＝**大和田一美**
振付＝**振付稼業 air:man**
殺陣＝**前田 悟**
所作指導＝**藤間貴雅**
演出助手＝**大堀光威**
舞台監督＝**足立充章**
制作協力＝**大人計画**
大阪公演主催＝**サンライズプロモーション大阪**
企画・製作・東京公演主催＝ **Bunkamura**

上演記録

シアターコクーン・オンレパートリー2018

『ニンゲン御破算』

2018年6月7日（木）～7月1日（日）Bunkamuraシアターコクーン
2018年7月5日（木）～7月15日（日）森ノ宮ピロティホール

作・演出＝**松尾スズキ**

■キャスト

加瀬実之介＝**阿部サダヲ**
灰次＝**岡田将生**
お吉＝**多部未華子**

黒太郎・番頭＝**荒川良々**
田辺健蔵・彰義隊・水屋・足軽＝**皆川猿時**
豊田夢之進・新撰組・見世物芸人＝**小松和重**
ヒュースケン・官軍・ヤクザ・関・幇間（玉助）＝**杉村蝉之介**
お福・婆あ・砂袋太夫＝**平岩 紙**
佐野・彰義隊・ぼてふり・取り方（偉）＝**顔田顔彦**
安藤小太郎・官軍・武士・提灯持ち＝**少路勇介**
イマ・婆あ・小娘・太夫（花魁）・飯盛り女・夜鷹＝**田村たがめ**
有村雄介・彰義隊・武士・若衆・役人・取り方＝**町田水城**
ボブ・彰義隊・ヤクザ＝**山口航太**
テツ・婆あ・母親・夜鷹＝**川上友里**
トム・官軍・録蔵＝**片岡正二郎**
ムツ・婆あ・芸人＝**家納ジュンコ**
瀬谷修一朗・新撰組・博徒＝**菅原永二**
河竹黙阿弥・新瓦版売り・土方歳三＝**ノゾエ征爾**
隠し玉・婆あ＝**平田敦子**

鶴屋南北・瓦版売り・近藤 勇＝**松尾スズキ**

著者略歴
一九六二年生
九州産業大学芸術学部デザイン科卒
大人計画主宰

主要著書
『ファンキー！～宇宙は見える所までしかない～』
『ヘブンズサイン』
『キレイ～神様と待ち合わせした女～』
『母を逃がす』
『まとまったお金の唄』
『同姓同名小説』
『宗教が往く』
『クワイエットルームにようこそ』
『老人賭博』
『ウェルカム・ニッポン』
『ラストフラワーズ』
『ゴーゴーボーイズ ゴーゴーヘブン』
『業音』

上演許可申請先
〒一五六‐〇〇四三
東京都世田谷区松原一―四六―九―二〇一

ニンゲン御破算《ごわさん》

二〇一八年六月 五日 印刷
二〇一八年六月二〇日 発行

著者 © 松《まつ》尾《お》スズキ
発行者 及川直志
印刷所 株式会社 精興社
発行所 株式会社 白水社

東京都千代田区神田小川町三の二四
電話 営業部〇三（三二九一）七八一一
編集部〇三（三二九一）七八二一
振替 〇〇一九〇‐五‐三三二二八
郵便番号 一〇一‐〇〇五二
www.hakusuisha.co.jp
乱丁・落丁本は送料小社負担にてお取り替えいたします

誠製本株式会社

ISBN978-4-560-09418-1

Printed in Japan

松尾スズキの本

業音	母親の介護をネタに再起をかける主人公のまわりで、奇怪なパートナーシップによる「不協和音」が鳴り響く——人間の業が奏でる悲喜劇。
マシーン日記 悪霊	町工場で暮らす男女のグロテスクな日常を描く「マシーン日記」。売れない上方漫才コンビの悲喜劇を描く「悪霊」。性愛を軸に男女の四角関係を描いた２作品を、一挙収録！
エロスの果て	終わらない日常を焼き尽くすため！　セックスまみれの小山田君とサイゴ君は、幼なじみの天才少年の狂気を現実化——。ファン垂涎の、近未来ＳＦエロス大作。写真多数。
ドライブイン カリフォルニア	竹林に囲まれた田舎のドライブイン。「カリフォルニア」というダサい名前の店を舞台に、濃ゆ〜い人間関係が描かれてゆく。21世紀の不幸を科学する、日本総合悲劇協会の代表傑作。
キレイ［完全版］ 神様と待ち合わせした女	三つの民族が百年の長きにわたり紛争を続けている、もうひとつの日本。ある少女が七歳から十年間、誘拐犯の人質になった？？　監禁された少女のサバイバルを描いた話題作の完全版！
まとまったお金の唄	太陽の塔から落っこちて、お父ちゃんが死んで……1970年代の大阪を舞台に、ウンコな哲学者や女性革命家たちの巻きぞえくらい、母娘三代、お金に泣かされっぱなしの家族の物語。
ウェルカム・ニッポン	9.11 ＋ 3.11 ＝「あの日からの世界」を、日本で、生きる希望としての不条理劇。ヒロインとともに味わう、笑いの暴力！　アメリカ人の彼女が恋したのは、日本人の音楽教師だった……
ラストフラワーズ	凍った花に、なりたい！　ヘイトフルな世界に愛の歌が響く中、全人類を震撼させる極秘プロジェクトが始動していた——。「大人の新感線」のために書き下ろされたエロティックＳＦスパイ活劇。
ゴーゴーボーイズ ゴーゴーヘブン	「キレイに僕の皮をはいで」美少年の哀願から、世界中のセレブの座りたがる椅子が生まれる——。国境も性別も生死も越えた「居場所」について激しく問う、戦場のボーイズラブ道中譚！